夜露姫

Yotsuyu Hime

みなと菫

講談社

夜露姫

目次

一　中納言《ちゅうなごん》の姫君《ひめぎみ》　5
二　夜盗《やとう》　17
三　盗難《とうなん》　27
四　失脚《しっきゃく》　34
五　検非違使《けびいし》　43
六　狭霧丸《さぎりまる》　50
七　決意　62
八　夜盗修行《やとうしゅぎょう》　74
九　夜露姫《よつゆひめ》　87
十　地下人《じげにん》　98
十一　月光　114

十二　左大臣《さだいじん》　123
十三　正倉院《しょうそういん》　143
十四　異形《いぎょう》　161
十五　襲撃《しゅうげき》　175
十六　復讐《ふくしゅう》　184
十七　帝《みかど》　197
十八　名笛《めいてき》　210
十九　紅梅《こうばい》　222
二十　再会《さいかい》　232
二十一　星月夜　246
あとがき　254

装画　おといちあき
装丁　坂川朱音（krran）

一　中納言《ちゅうなごん》の姫君《ひめぎみ》

ほろほろと今をさかりの紅梅《こうばい》が、夜の庭に花びらをこぼしている。

時は平安。今から九百五十年ほど昔のできごとである。

後三条《ごさんじょう》の帝《みかど》の御世《みよ》の京の都で、*中納言の姫君はまだ眠《ねむ》れずにいた。

あけて十五歳《さい》、*裳着《もぎ》をすませたばかりの姫の寝所《しんじょ》は、父・中納言のすまいである*寝殿《しんでん》の東の対屋《たいのや》にある。

この時代は十二歳にもなれば、結婚《けっこん》の話が出てくる年ごろなのだが、

「うちのお姫さまはお顔立ちもまともでご性格《せいかく》も明るく、まずまず良い姫君でいらっしゃるのに、どうしたことかしら。お年ごろというのにご縁談《えんだん》のひとつもなく、婚約者《こんやくしゃ》さえおありでないとは。」

*中納言《ちゅうなごん》――平安時代の官職《かんしょく》。太政《だじょう》大臣、大納言《だいなごん》に次ぐ
*裳着《もぎ》――女性《じょせい》の成人式
*寝殿《しんでん》――寝殿造《しんでんづく》りの母屋《もや》

「姫《ひめ》さまのほうがお嫌《きら》いになるのよ。お父上がそのお話をなさると、なんのかのと理由をつけて、するーっとおじょうずににげだしてしまわれるとか。」

「ふつうなら恋《こい》や結婚《けっこん》にあこがれるお年ごろというのに、変わったお方ねえ。」

「ちょっと変人でいらっしゃるのよ。うちのお姫さまは。」

というのが屋敷《やしき》の*女房《にょうぼう》たちの姫君評《ひょう》である。

当の姫君はいっこうにそうしたことも気にせずに、父・中納言《ちゅうなごん》とふたりのくらしで満足していた。

この夜も、娘《むすめ》らしいやわらかな色あいの*御簾《みす》や、うす紅色《べにいろ》の*几帳《きちょう》にかこまれて、白《しろ》絹《ぎぬ》の寝《ね》まきに夜具《やぐ》をふんわりとはおった姫は、上気した頰《ほお》でその夕べのことを思い出していた。父・中納言が客人に乞《こ》われ、ひさしぶりに『黒鵜《こくう》』をかなでたからである。

「お父さまの笛には天人がのる、と人々は言うけれど、本当だわ。」

うっとりと姫はつぶやいた。中納言は官僚《かんりょう》ではあったが政治的《せいじてき》な野心は持たず、もっぱら風雅《ふうが》の人として知られている。

ことに横笛を良くし、音曲《おんぎょく》をおこのみの*今上《きんじょう》・後三条帝《ごさんじょうてい》のお覚えもめでたく、元は

*雅楽頭《うたのかみ》であったものを中納言《ちゅうなごん》にまでお取りたてになられた。

さらに「名笛《めいてき》また名手を好む。」と、おっしゃられて、御秘蔵《ごひぞう》の名笛『黒鵜《こくう》』をおあずけくださったのである。それゆえ「笛の中納言」、また、庭にみごとな紅梅《こうばい》の木があることから「紅梅の中納言」ともよばれている。

笛は、鳥の鵜《う》の羽のように黒光りするまで燻《いぶ》された煤竹《すすだけ》を使って作られており、『黒鵜』と名づけられ、その音色は「比類《ひるい》なし。」と、うたわれている。中納言自身は「おそれ多し。」として、めったに手に取ることはなかった。しかし、このところ「笛の手ほどきをお願いしたい。」と、足しげく屋敷《やしき》をおとずれる*蔵人《くろうど》の少将《しょうしょう》に「ぜひに。」と、乞《こ》われて『黒鵜』を奏《そう》することにしたのである。

蔵人の少将は、今をときめく左大臣《さだいじん》の息子である。左大臣は藤原氏《ふじわらし》の「氏《うじ》の長者」であり、政治《せいじ》と権力《けんりょく》のすべてを握《にぎ》り、その一族の栄えは限《かぎ》りなく、今上《きんじょう》でさえその言葉には従《したが》うという時の支配者である。それゆえ中納言もむげに断《ことわ》ることはできなかったものと見える。

もっとも、姫君《ひめぎみ》はこの気取った、父親の権威《けんい》をかさに着たような*公達《きんだち》が好きではな

*女房《にょうぼう》――侍女《じじょ》、女官《にょかん》　*御簾《みす》――すだれ　*几帳《きちょう》――布《ぬの》で作られたついたて　*今上《きんじょう》――時の帝《みかど》
*雅楽頭《うたのかみ》――朝廷《ちょうてい》の音楽をつかさどる雅楽寮《うたりょう》の長《おさ》　*蔵人《くろうど》――帝《みかど》の事務官《じむかん》　*公達《きんだち》――貴族《きぞく》の子弟《してい》

かった。孔雀《くじゃく》のように着かざって、しゃなりしゃなりと歩く姿《すがた》。姫《ひめ》のいる対屋《たいのや》の御簾《みす》の下から、こちらをのぞき見しようとする目つきも嫌《いや》だった。

『源氏物語《げんじものがたり》』の主人公・光源氏《ひかるげんじ》気どりで、あちこちの女性《じょせい》と浮《う》き名《な》を流し、しかもそれを自慢《じまん》げに言いふらしていると聞いては「とんでもないお方だわ。」としか思えなかった。

それで、少将《しょうしょう》がこの屋敷《やしき》にしげしげと出入りしているのは実は姫との結婚《けっこん》を望んでいるためらしい、と父・中納言《ちゅうなごん》に聞かされたときにはゾッとして、そくざに、

「お断《ことわ》りになってくださいませ。だいたい少将さまははっきりと私《わたし》の顔もごらんになったことがないのに、どうして結婚などと思いつかれたのでございましょうか？　変な方！」

と、もちまえの大きな目をみはって申しあげたものだった。

平安時代の姫たちは、直《じか》に男性《だんせい》に顔を見せたりはしない。それがたしなみとされている。では男女の交際《こうさい》はどうするのか。姫君が年ごろになると、母上や女房《にょうぼう》たちがその姫の情報《じょうほう》をまわりに流すのである。

それを聞きつけた若《わか》い公達《きんだち》が、花にむらがる蝶《ちょう》や蜜蜂《みつばち》のように集まってくる。その中から親が適当《てきとう》と思われる公達に、姫のもとに通ってくるのをゆるす。これがこの時代の恋愛《れんあい》

および結婚である。もちろん姫《ひめ》に決定権《けっていけん》はない。

父・中納言《ちゅうなごん》も、娘《むすめ》が適齢期《てきれいき》のうえに相手が左大臣《さだいじん》の息子《むすこ》ともなれば、断《ことわ》りにくい縁《えん》ではあると考えた。しかし、幼《おさな》いときに母を亡《な》くし、父の手ひとつで育てたこの晶子《あきらこ》というひとり娘を中納言はこのうえなく愛《いと》おしく思っていた。そこで、なによりもまず、姫の思いのままにするのがその幸せであろうと、やむなくそのむねを少将《しょうしょう》に伝えた。少将は、

「まことに残念ですが、しかたがありません。それではせめて『黒鵜』の音色をお聞かせくださいい。」

というわけで、この夕のもてなしとなったのである。姫は乗り気ではなかったが、おつきの若《わか》い女房《にょうぼう》の茨《いばら》という者が、

「めったにないことでございますから。」

と、しきりにすすめるので、対屋《たいのや》の格子《こうし》を上げて御簾《みす》越しにながめることにした。

「ごらんなさいませ。まるで『源氏物語《げんじものがたり》』の絵巻《えまき》を見るようでございますこと。」

茨がうっとりとささやく。

「蔵人《くろうど》の少将さまのなんてすてきなこと……。そうお思いになりませんか？　お姫さま。」

「……そうかしら。私《わたし》はべつに……。」

姫《ひめ》はまったく関心なさげに、うわの空で返事をした。

茨とは女房《にょうぼう》たちの中でも姫と年ごろも近いせいか、話題もよく合った。主従《しゅじゅう》というよりはむしろ友だちのような気やすい仲である。その茨が、ちょっと険《けん》のある当世風の美貌《びぼう》を上気させながら言う。

「……本当にすてきな方。あんなお方の恋人《こいびと》になれたらどんなに幸せでしょうねぇ。」

「茨だったらきっとなれるわよ。だって茨は美しいもの。」

色白の肌《はだ》によく映《は》える、*柳色《やなぎいろ》の*袿《うちぎ》を重ねた今日の茨は、本当にきれいだった。

「そんな……無理ですわ。私のような身分低き者を、少将《しょうしょう》さまがお相手になさるはずはございません。姫さまがうらやましいですわ。私が姫さまだったら絶対《ぜったい》にあの方と……。」

「あ……。もうお父さまの笛がはじまるわ。茨、ちょっとだまって……。ごめんね、その話はあとでゆっくりしましょう。」

「………。」

それなり姫の関心は父のほうに向いて、それまで話していたことなど忘《わす》れてしまった。

茨もそれきりだまりこんで、ふい、と横をむいた。

弥生《やよい》も近く、やわらかに暮《く》れなずむ夕空にあかあかと篝火《かがりび》がたかれ、庭の紅梅《こうばい》がひとひらふたひら花びらをこぼしている。開けはなった寝殿《しんでん》の奥《おく》に座《ざ》して、笛をかなでる中《ちゅう》納言《なごん》。淡《あわ》い*二藍《ふたあい》の*直衣《のうし》に長く引いた裾を勾欄《こうらん》にうちかけ、ゆったりと柱にもたれてその音色に聞きいっている貴公子《きこうし》。たしかにそれは絵のように美しい光景だった。

そうしてお父さまの笛は……と姫《ひめ》は思いかえしていた。高く低く、嫋々《じょうじょう》と、また軽《かろ》やかに澄《す》み……まだ耳に残る美しい音の余韻《よいん》に、姫は酔《よ》っていた。

そしてそのせいか、寝所《しんじょ》の隅《すみ》の几帳《きちょう》のむこうに人の気配が立つのに気づかなかった。

ジジッ……と燈台《とうだい》のあかりがゆらめいた。

「もし……。」

と、寝《ね》まきの裾《すそ》を引かれ、「あっ……!?」と思う間もなく、姫の体は香《こう》をたきしめた淡《あわ》い色の直衣の袖《そで》に抱《だ》きよせられていた。

「愛《いと》しいひと、ようやく会えましたね。永年《ながねん》の私《わたし》の想《おも》いはおわかりのはず……。」

その声は、客人の蔵人《くろうど》の少将《しょうしょう》のものだった。強い香のかおりに包みこまれた姫は、お

*柳色《やなぎいろ》——緑色　*袿《うちぎ》——女性《じょせい》のふだん着る着物　*二藍《ふたあい》——薄《うす》い紫色《むらさきいろ》　*直衣《のうし》——上流貴族《きぞく》男子の平服

どろきのあまりそれがうつつのものとも思えなかった。客人はとうに帰ったはず……⁉

「あなたを思いきれなくて今までお屋敷《やしき》のうちにひそんでいたのですよ。でも、うれしいことだ。あなたも眠《ねむ》らずにいてくれたとは……もしや私《わたし》が来るのを待っていてくれたのでは……？　ああ、愛《いと》しいひと……。」

――とんでもない誤解《ごかい》だわ、姫《ひめ》は身をもがき、なんとか少将《しょうしょう》の腕《うで》からのがれようとした。

「勘違《かんちが》いなさっておいでです。蔵人の少将さま。私の気持ちは父からお伝えしているはず。私は今まだ、どなたともおつきあいも結婚《けっこん》もするつもりはございません！」

しかし相手はいかになよなよしていようと、男の力でがっちりとおさえこもうとしてくる。

「なんという幼《おさな》いもの言いでしょう。私ほどの者にこうまで思われて、嫌《いや》という女などいないのですよ。男に恥《はじ》をかかせるおつもりですか？」

姫はその光源氏もどきのせりふまでもがおぞましく、危機感《ききかん》よりもしだいに腹《はら》がたってきた。もとより近頃の軟弱《なんじゃく》な貴公子《きこうし》などに、世間の女たちのようになびくつもりもなかった。

少将《しょうしょう》がつるりとむいた卵《たまご》のような顔にうっすらと化粧《けしょう》までしているのを見てとると、思わず虫酸《むしず》が走る心地《ここち》がして、

「嫌《いや》だといったら嫌なのです！　早く手をお放しください。でないと……。」

姫《ひめ》はいきなり、目の前の少将の腕《うで》にかみついた。少将は、

「きゃっ！」

と、男とも思えない悲鳴をあげて飛びのいた。

「とっととお帰りください。今宵《こよい》のことはだれにも内緒《ないしょ》にしてさしあげます。だから二度とこういう真似《まね》はなさらないでください！」

青ざめながらも〝きっ〟と、にらみつける少女に少将は心底おどろいた。女というものにここまで拒絶《きょぜつ》されたことがなかったからである。自信家の彼《かれ》はなおも、

「なんというはしたないことを！　ああ、情《なさ》けないことだ。やんごとない姫君のすることとも思えない……よくもこの左大臣《さだいじん》の息子たる私《わたし》にむかって……。」

と、言いつのりながらふたたびこちらに手を伸《の》ばそうとする。

「それならば……。」

姫《ひめ》はするりと身をかわし、かたわらの文机《ふづくえ》によっていくと上に置かれた硯箱《すずりばこ》を開けた。

（これは……もしや、奥ゆかしくも、和歌で返事をしようというのか？）

風流人の少将《しょうしょう》としては当然そう考えたのだが、ちがった。この姫はおもむろに、墨《すみ》のたっぷりと入ったままの硯を持ち上げ、少将めがけて、かまえたのだ。

「それ以上お近づきになれば、これをお顔にぶちまけます！　真っ黒なお顔になってもどられたら、お家《うち》の方々はどう思われるでしょうか？」

その言葉にも少将はおどろいたが、さらに彼《かれ》があぜんとしたことには、姫君の目が今や楽しい遊びでもしているかのように、キラキラと輝《かがや》いていることだった。しかし、こんな小娘《こむすめ》にあなどられて、引きさがっては名うての遊び人たる誇《ほこ》りがゆるさない。

「なんということだ。中納言《ちゅうなごん》さまの姫君がこんな、い、い、いみじき（大変な）山猿《やまざる》のような女とは！　ちょっとかわいらしい顔立ちだから、と思った私《わたし》がまちがいだったようだ。」

そう言いながら少将はパッと姫のうしろにまわりこんだ。こうなったら意地でも女ごとき、一気におさえこめばこちらのものだ、と考えたのである。ところが姫《ひめ》のほうも負けてはいない。すばやく身を転じると、少将《しょうしょう》のうしろの*長押《なげし》めがけて、硯《すずり》をはっし、と投げつけた。硯は音をたてて長押に命中し、墨《すみ》が飛びちった。少将は、

「ふおぉおぉおっ。」

と、危《あや》うくよけると、ぶつかるように妻戸《つまど》をおしあけて、外の暗がりへとのがれた。

「わ、わかった。もはや来まい。しかし姫、男にこんなしうちをしたことを、のちのち後《こう》悔《かい》なさるなよ！」

捨《す》てぜりふを残して廊下《ろうか》を遠ざかる足音を聞きながら、姫はほっと息をついた。まだ緊《きん》張《ちょう》と混乱《こんらん》の中ですこし震《ふる》えながら考えた。

「なんということかしら。それにしても、少将の君がおひとりでここまで入りこむなんて……ありえない。きっとだれか屋敷《やしき》の者が手引きしたのにちがいないわ。……ひどい！みんな私《わたし》の気持ちがわかっているくせに、少将の君に私を襲《おそ》わせたということ……？いったいだれがそんなことを……？」

お付きの女房《にょうぼう》のだれかれを頭にうかべてみたが、だれといって見当もつかない。本当

*長押《なげし》——戸口の上の横板

に、貴族《きぞく》社会ではそんな身近な家来さえ信用できないのだわ、と、こんどはその腹立《はらだ》たしさで、いっそう眠《ねむ》れなくなった姫《ひめ》であった。

二　夜盗《やとう》

同じ夜、ひと気のたえた真夜中の*朱雀大路《すざくおおじ》に、バラバラと人馬の乱《みだ》れた足音が響《ひび》いてきた。赤の*狩衣《かりぎぬ》に白い袴《はかま》の*股立《ももだ》ちをとり、手に手に白杖《はくじょう》と松明《たいまつ》や武器《ぶき》を持ち走ってきたのは、都の治安を守る*検非違使《けびいし》の一隊である。今夜は捕《と》りものでもあるらしく、騎乗《きじょう》した者、鎧《よろい》を着こんだ者もいて、しきりにあちこちを見まわし、なにごとか大声で叫《さけ》びあっている。

「どこへにげたのだ⁉」

「たしかにこちらへ走る姿《すがた》を見た。狭霧丸《さぎりまる》の一味にちがいない。」

彼《かれ》らはこのところ*公卿《くぎょう》や裕福《ゆうふく》な商人の屋敷《やしき》をひんぱんに襲《おそ》う、「狭霧丸」という夜盗の一党《いっとう》を追っていたのである。狭霧丸はその夜も二十人ばかりで、さる公卿の屋敷を襲

*朱雀大路《すざくおおじ》――平安京の大通り　*狩衣《かりぎぬ》――貴族《きぞく》男子の旅行着、平民、下級官吏《かんり》の服　*股立《ももだ》ちをとる――袴《はかま》の裾《すそ》をすぼめてたくしあげる　*検非違使《けびいし》――平安時代の警察官《けいさつかん》。裁判官《さいばんかん》もかねる　*公卿《くぎょう》――上流貴族《きぞく》

い、主人をはじめ家じゅうの家来や使用人をしばりあげ、宝倉《ほくら》をおし破《やぶ》って金銀財宝《ざいほう》から衣類までも根こそぎ奪《うば》いさったのだが、被害者《ひがいしゃ》から検非違使庁《けびいしちょう》に知らせが入ったころには、すでにことは終わったあとであった。

「くそっ。狭霧丸というやつ、いったいどのような輩《やから》なのだ。我《われ》らはいつも後手にまわるばかり。しかもここはもう*大内裏《だいだいり》の近く、*神泉苑《しんせんえん》ではないか。こんな真《ま》っ暗闇《くらやみ》では追うのは無理じゃ。」

今とはちがい、外灯もない庭園は真の闇《やみ》の中に静まりかえっている。月あかりでもないと物を見わけることもできないのに、今宵《こよい》はあいにくの朧月夜《おぼろづきよ》である。ひとりが怖々《こわごわ》と口を開いた。

「おい、聞いたことがあるか？　神泉苑には鬼《おに》が出るそうじゃ。」

「なにを言うのじゃ。検非違使が鬼を恐《おそ》れてなんとする。」

「しかし……本当に鬼に出会った者がいるのじゃぞ。さる貴族《きぞく》の若殿《わかとの》がここで鬼の行列を見たそうな。」

「まことか？」

「おお、まことじゃとも。鬼《おに》の行列は松明《たいまつ》をかかげての。まわりには鬼火が飛びかい、身《み》の丈《たけ》は七尺《しゃく》(約二・一メートル)ほどもあり、髪《かみ》は逆《さか》だち頭には角をはやし、中にはひとつ目の者もいてそれは恐《おそ》ろしい姿《すがた》であったと。」

「して、その若殿《わかとの》は助かったのか?」

「助からなんだら、この話は伝わっておらぬわ。一晩中《ひとばんじゅう》、観音経《かんのんきょう》を唱《とな》えつづけて難《なん》をのがれたそうじゃ。」

一同はあらためて神泉苑の黒々とした闇《やみ》をのぞきこみ、くわばらくわばら、と唱えた。

「し……しかしなんとしても奴《やつ》ら一党《いっとう》を捕《つか》まえねば。一刻《いっこく》も早く狭霧丸とその一味を捕まえて獄門《ごくもん》にかけよ、との左大臣《さだいじん》さまよりのきついご命令じゃ。」

「襲《おそ》われた屋敷《やしき》には左大臣さまのお身内も多いゆえな。やはり盗賊《とうぞく》も富《とみ》の集まるところは知っている、というところであろう。」

その言葉に、不謹慎《ふきんしん》にもしのび笑いがおきた。

「しっ! だまらぬか。ともあれ、まずまず我《われ》らの役目は盗賊を捕まえることじゃ。無駄《むだ》かもしれぬが、我らはもう少し町のほうを追うこととしよう。」

*大内裏《だいだいり》——御所《ごしょ》を含《ふく》めた官庁街《かんちょうがい》　*神泉苑《しんせんえん》——帝《みかど》が行楽に使用する庭園

「応《おう》！」

検非違使《けびいし》たちがいくぶんやる気を失ってだらだらと去って行くと、それを見さだめたように、神泉苑のうっそうとした木立の闇《やみ》の中から滲《にじ》みでたかのような、鬼《おに》ならぬ黒い人影《ひとかげ》が三人ばかり歩みでた。三人とも黒い*直垂《ひたたれ》の袖《そで》をしぼり、黒い袴《はかま》の裾《すそ》には上からすね当てをつけ、いずれも顔は黒い覆面《ふくめん》でかくしている。

「やれやれ、鬼のうわさは我《われ》らには好都合。それにしても、検非違使殿《けびいしどの》も近ごろはさすがに出動が早くなりましたのう。」

と、ひとりが言う。

「それだけ我ら狭霧丸の一党《いっとう》の名が知れわたったということじゃ。たいしたものじゃ、のう、お頭《かしら》。」

と、もうひとりが声に笑いをふくませて言う。

「これ、小鷹《こたか》よ。図に乗ってはならぬ。名が知れわたるほど用心して、注意深く計画を立てねばならぬ。そなたらも決して一党と気《け》どられるようなことがあってはならぬぞ。」

頭とよばれた男が落ちついた声で応じる。

「この狭霧丸は盗賊《とうぞく》としての名を高めるために、夜な夜な盗《ぬす》み働きをしているのではないのだからな。」

狭霧丸とよばれる男は、ひときわ長身ですらりとした体つきをしている。覆面《ふくめん》の間から、力強い眉《まゆ》と盗賊《とうぞく》にはにあわぬ涼《すず》しげで穏《おだ》やかな目がのぞく。

「今日の取り分は、いつものように一党《いっとう》の者どもの働きに応《おう》じて分けよ。残りは金銀の粒《つぶ》や米にかえて、貧《まず》しい者にあたえよ。」

「お頭はいつもご自分にはお取りにならぬ。」

「俺《おれ》はじゅうぶんに持っているゆえな。では、次の狙《ねら》いが決まったらつなぎをつける。今はこれにて散開《さんかい》じゃ。行け！」

ふたりは二、三歩後ずさりすると、そのまま都の暗闇《くらやみ》の中に溶《と》けいってしまった。

狭霧丸はひとり、そのまま朱雀大路をそれて、東洞院通《ひがしのとういんどおり》に入った。寺院や中小の貴族《きぞく》の館が立ちならぶこのあたりは、両側に築地塀《ついじべい》がつづき、人影《ひとかげ》もない。今宵《こよい》は、朧月《おぼろづき》の下に館が黒々とした影《かげ》となって静まっている。と、その中の一軒《けん》の門が開かれ、一台の牛《ぎっ》

＊直垂《ひたたれ》――庶民《しょみん》の平服

車《しゃ》が忍《しの》びやかに出てくるのが目に入った。

狭霧丸はとっさにかたわらの松の木のかげに身をよせる。牛車はしゃれた*網代車《あじろぐるま》で、松明《たいまつ》のあかりの中に、柳色《やなぎいろ》の袿《うちぎ》をかさねたうら若《わか》い女房《にょうぼう》がひとり見送っているのが見てとれた。

どうやら公卿《くぎょう》の若君《わかぎみ》がその屋敷《やしき》の女のところに通《かよ》ってきたその帰りなのだろう。狭霧丸は覆面《ふくめん》の下で苦笑《くしょう》した。

「ほう、これはまこと雅《みや》びなものを見ることよ。同じ京の町中では民《たみ》が飢《う》え、死ぬ者も日に日に数を増《ま》しているというのに、政治《せいじ》にかかわるべき身が、夜な夜な優雅《ゆうが》に恋《こい》の忍び歩きとはな！　あきれたものじゃ。」

牛車を見送るその足元に微風《そよかぜ》が運んだものか、ひらひらと紅《あか》い小さな花びらがこぼれかかる。

「おやおや、これは……紅梅《こうばい》の中納言《ちゅうなごん》どののお屋敷か。風雅《ふうが》で知られる笛の中納言のお館では……なるほど、風流も極《きわ》まれりというところじゃな……。」

やれやれ、とつぶやくとその姿《すがた》もまた、花の香《か》ただよう平安の夜風に変じたかのように消えてしまった。

姫《ひめ》は少将《しょうしょう》との一件《いっけん》をだれにも話さなかったが、こういうことはどこからともなく知れるもので、女房《にょうぼう》たちが、

「姫さまのお部屋に少将さまがお忍《しの》びになられたのはごぞんじ……？」

「あな、いみじ（まあ、大変）！」

「それを姫さまが硯《すずり》を投げつけて追いだしたとか……。」

「あな、いみじきこと！」

と、眉《まゆ》をつりあげて顔を見あわせ、二、三日のうちに父・中《ちゅう》納言《なごん》の知るところとなった。

中納言はため息をつきながら、

「やはりなぁ……。そなたは、わしが地方に赴任《ふにん》中《ちゅう》は男《お》の童《わらわ》や小舎人《こどねり》とばかり遊び、まるで男の子のように育ってしまって……。裳着《もぎ》を機に女らしくしつけはじめたところであったが……。それにしても、忍んで来た公達《きんだち》をたたき出すのはよろしくない。」

と、娘《むすめ》をさとした。

＊網代車《あじろぐるま》——竹またはヒノキの薄《うす》い板を編んだものを張った牛車《ぎっしゃ》

「これも、そのあたりの心配をするべき母を早くに亡《な》くしたせいでもあるが……。そなたの年でまだ結婚《けっこん》どころか婚約者もいないのでは、この先どうするつもりなのか。女というものはしっかりした夫に面倒《めんどう》をみてもらわねば、人なみにくらしていくこともできぬものだ。気ばかり強くとも、結局は女ひとりではなにも自由にはできないのだからね。少将《しょうしょう》の君《きみ》のことは……。」

若《わか》い娘《むすめ》らしく*濃《こ》きの長袴《ながばかま》に*桜襲《さくらがさね》の袿姿《うちぎすがた》の姫《ひめ》は、さすがにしょんぼりとしていたが、やがて上目づかいに父を見上げると、

「だって、お父さま、あの方が変なのです。私《わたし》があの方をお断《ことわ》りしたのを知りながら、不意うちをかけるなんて、卑怯《ひきょう》です。私が男だったら必ず相手の心をたしかめてからにしますわ。」

「しかし姫や、そういう時は和歌などでさりげなくやりすごして、相手を傷《きず》つけぬのが女のたしなみというものだよ。」

と、中納言《ちゅうなごん》。姫はいかにも申しわけなさそうに、

「和歌など詠《よ》んでいる余裕《よゆう》などありませんでした。……それでなくとも歌は苦手なのです

もの。」

「こまったものだ。そなたの硯《すずり》は歌を書きつけるのではなく、投げつけるためのものだったのかね？」

中納言《ちゅうなごん》は、ほうほうの体《てい》でにげてゆくあの薄《うす》っぺらな貴公子《きこうし》の姿《すがた》を思《おも》いうかべて笑いだしたくなるのをこらえながら、さとしたが、

「でも、やっぱり変ですわ。恋《こい》だの結婚《けっこん》だのといっても、男性《だんせい》の側からの一方的なものだというのは不公平だと思います。私《わたし》には結婚はまだ遠いお話としか思えませんのに。もしも、どうしてもということになったら、それこそ心の底からこのお方と思えるお人でなければ、絶対《ぜったい》に嫌《いや》です。ましてや今どきの女と見まごうばかりの公達《きんだち》など……！」

と、さばさばと言ってのける。

父は、この大人になったばかりの、まだ幼《おさな》さの残る娘《むすめ》の世間知らずにため息をつきながらも愛《いと》おしそうにながめた。少将《しょうしょう》の君《きみ》との不祥事《ふしょうじ》は、世間に伝われればやはり姫《ひめ》にとっての不名誉《ふめいよ》である。

つややかな丈《たけ》なす黒髪《くろかみ》、当世風な美人ではないがまだ子どものようなふっくらとした頬《ほお》

＊濃《こ》き――えんじ色　＊桜襲《さくらがさね》――襲《かさね》の色目のひとつ。表白、裏《うら》青

に、表情《ひょうじょう》ゆたかな大きめの瞳《ひとみ》、女としてはいささかきりっとしすぎた口元。姫《ひめ》、晶子《あきらこ》はなるほど親の目から見てもなかなかに愛らしく、かつ利発でもある。大家《たいけ》であれば、帝《みかど》の后《きさき》、*女御《にょうご》にもと、親の欲目《よくめ》には思える姫だと思う。

が、この勝ち気さ理屈《りくつ》っぽさはとうてい、なみの貴族《きぞく》の*北の方に納《おさ》まるたぐいのものではない、と父には思われた。であれば宮中に上げて、女房《にょうぼう》として帝のお役に立てさせるのも一案かもしれない。

宮中ではそろそろ春の管弦《かんげん》のもよおしが開かれるころである。その折にでも、だれかに娘《むすめ》の仕官《しかん》のことを相談してみよう、と中納言《ちゅうなごん》は思った。

*女御《にょうご》——后《きさき》に準《じゅん》ずる位　*北の方——正妻《せいさい》

三　盗難《とうなん》

陽《ひ》の光は日一にちと力を増《ま》し、京は万朶《ばんだ》と咲《さ》き競《きそ》う桜《さくら》のころとなった。

宮中では恒例《こうれい》の春の宴《うたげ》がもよおされることとなり、帝《みかど》から中納言《ちゅうなごん》にも、「『黒鶏《こくう》』をたずさえて参加せよ。」とのお声がかかった。もとより帝から大切におあずかりしている大事な笛なので、屋敷内《やしきない》の宝倉《ほくら》に厳重《げんじゅう》に保管《ほかん》している。*家司《けいし》に命じて倉の鍵《かぎ》を開けさせ取り出そうとしたところ、

「たっ……大変でござりまする！　笛がござりませぬ！」

「なんじゃと⁉」

『黒鶏』が鍵のかかった倉から、入れ物の*螺鈿《らでん》をほどこしたうるし塗《ぬ》りの箱ごと消えうせていたのである。

*家司《けいし》——家政《かせい》をあずかる家来　*螺鈿《らでん》——夜光貝などによる装飾

『黒鶏』が失われた。何者かに盗《ぬす》まれた。

屋敷《やしき》は上を下への大騒《おおさわ》ぎとなった。家じゅうの部屋という部屋、天井《てんじょう》から床下《ゆかした》、*厨《ず》子《し》、*唐櫃《からびつ》のはてまで探《さが》したが見つからない。すべての使用人がよばれ、笛について聞かれたり調べられたがだれにも思いあたることはなく、笛のゆくえはわからなかった。

騒ぎを聞きつけて、姫《ひめ》も寝殿《しんでん》へとかけつけた。

「お父さま！　これはどうしたことでございますか。いったいだれが……？」

「やはり盗賊《とうぞく》が忍《しの》び入《い》って、盗んでいったとしか思われぬ。盗賊のしわざとなれば……。」

家司《けいし》が内々にということで検非違使庁《けびいしちょう》に届《とど》けでることにした。

数日後、*伴《とも》まわりを従《したが》えて検非違使の佐《すけ》、橘基忠《たちばなのもとただ》という者が中納言邸《ちゅうなごんてい》にやってきた。佐とは検非違使庁の次官で、*左《さ》・右《う》の衛門佐《えもんのすけ》が兼《か》ねる。長官はもっと高位の公家《くげ》がつとめるが、これはほとんど名目だけである。次官の佐も本来は同様なのだが、このたびは中納言家の事件《じけん》なので威儀《いぎ》を正した正装《せいそう》の佐が直々《じきじき》出むいたものである。

佐、橘基忠は、二十代前半だろうか。陽にやけた浅黒い肌《はだ》に、きりっとした男らしい眉《まゆ》をしている。当世風ではないがなかなかに整った顔立ち。やや大きめの口がゆったりとおおらかな人柄《ひとがら》を思わせる。

例えるなら、雛段《ひなだん》かざりの随身《ずいじん》、左・右大臣のよそおいに近い。武官《ぶかん》の冠《かんむり》、緋色《ひいろ》の*袍《ほう》に太刀《たち》を佩《は》き、*胡録《やなぐい》を背《せ》に弓をたずさえた姿《すがた》は上背《うわぜい》もあり、すらりとした立ち姿にはみじんの隙《すき》もない。姫《ひめ》はふと、この男の笑った顔が見たい、と、なんの脈絡《みゃくらく》もなく思った。

おつきの女房《にょうぼう》たちが、

「公卿《くぎょう》と申すより、侍《さむらい》のようですわね。」

「それはそうよ。*昇殿《しょうでん》ギリギリの五位ふぜいでは、公卿とは申せませんよ。」

「武辺一辺倒《ぶへんいっぺんとう》といったところね。恋人《こいびと》になっても気のきいた歌も期待できないわね。」

などと無責任《むせきにん》に言いかわしている。姫は、

「そなたたちなにを言うのです。検非違使《けびいし》が強そうでなければ都の治安が保《たも》てないわよ。そんなことより、あの佐《すけ》が笛を見つけだしてくれるかどうかが問題なのよ。」

と、祈《いの》る気持ちで一心に検非違使を見つめている。

当の検非違使の佐は、そんなことにはおかまいなしなので、眉《まゆ》をよせて倉の鍵《かぎ》を調べた

*厨子《ずし》――置き棚《だな》　*唐櫃《からびつ》――脚《あし》が四本ついた箱、物入れ　*伴《とも》まわり――従者《じゅうしゃ》　*左《さ》・右《う》の衛門佐《えもんすけ》――内裏《だいり》の各門の守り、巡検《じゅんけん》をつとめる。佐《すけ》は副官　*袍《ほう》――公家《くげ》の朝服。身分により色が違《ちが》う　*胡録《やなぐい》――矢つぼ　*昇殿《しょうでん》――御所《ごしょ》に参内《さんだい》できる身分

り、家来にあれこれ聞きただしたりしている。しかし佐《すけ》が中納言《ちゅうなごん》のほうにむきなおった瞬間《しゅんかん》、その表情《ひょうじょう》ががらりと変わるのを姫《ひめ》は目のあたりにした。

「近ごろ都では、狭霧丸《さぎりまる》とやら申す夜盗《やとう》が跋扈《ばっこ》しているそうではないか。この笛もそやつのしわざなのではなかろうか。」

心配そうにたずねる中納言。佐のほうは先ほどとは別人のように八の字に眉《まゆ》を開き、目もほとんど眠《ねむ》っているかのように細めている。そして「のんびり」とも言える口調で、

「いやー。それはあり得ませんな。なにしろ狭霧丸というやつは集団《しゅうだん》で、襲《おそ》う時にはご門前で〝狭霧丸である〟とか名乗っておしこむそうですからね。それにやつが狙《ねら》うのは物持ちの屋敷《やしき》で……失礼ながら、こちらのような奥《おく》ゆかしいと言うか質素《しっそ》なお屋敷には目をつけますすまい。」

「さようか……。」

中納言はがっかりした。耳をすまして聞いていた姫は真っ赤になった。

「なんて失礼な言い方よ。そりゃあ家は中流貴族《きぞく》といっても、お父さまが最近昇進《しょうしん》しただけで、元は小貴族《きぞく》なんだから、べつだん財宝《ざいほう》もないけど……。」

やる気なげな検非違使《けびいし》に、*五位鷺《ごいさぎ》ふぜいじゃ役に立たないわ、と、憤慨《ふんがい》していた。

佐《すけ》はそんな姫《ひめ》の思いにはおかまいなしで、

「……中納言《ちゅうなごん》さま。私《わたし》が見たところ、これは外からの賊《ぞく》というよりも内部の者の犯行《はんこう》ではないかと思われます。宝倉《ほくら》には鍵《かぎ》がかけられていたということですし、笛がなくなっているのを発見した時も、鍵はそのままお部屋の*二階厨子《にかいずし》の中にあった。……ということは、何者かが中納言さまがお持ちの鍵をこっそり持ちだし、またもどしておいたとしか考えられないからです。もしや、近《ちか》ごろお屋敷《やしき》を辞した使用人はいませんでしたか？」

女房《にょうぼう》たちは顔を見あわせた。姫君づきの女房で茨《いばら》という娘《むすめ》が、在所《ざいしょ》の親が病気になったというので先日暇《ひま》をとらせた、と家司《けいし》が答えた。

「どうであろうか？　その者が笛を盗《ぬす》んだと？」

「なんとも言えませんが、その者はいったいいかなる素性《すじょう》の女でしょうか？」

「さて……なにかの祝いであったか法事の時に、女房のだれかの知りあいということで手伝いにたのんだのだが、なかなか気のきく娘だというのでそのまま姫君づきとして居《い》させたものだが……。」

*五位鷺《ごいさぎ》ふぜい――五位を鳥の五位鷺にかけてさげすんだ言い方　*二階厨子《にかいずし》――二段《にだん》になった物入れ

「身許《みもと》のたしかでない者はお使いにならぬのが、よろしゅうございます。」

「しかし、仮《かり》に茨が犯人《はんにん》として、あのような身分低き者が盗《ぬす》んだとてなにになろう？」

と、中納言《ちゅうなごん》。

「さよう。名の知れた名笛《めいてき》であれば、泥棒市《どろぼういち》のようなところに売ってもアシがつくし……。」

ううむ、わからんなぁ……と首をかしげる検非違使《けびいし》の佐《すけ》を見ていると、姫《ひめ》は「なぜこんな無能《むのう》そうな男を最初はたのもしいなどと思ったのか。」と、自分が腹立《はらだ》たしくなった。

検非違使の佐は、なおもしばし、「うーん……。」と、腕組《うでぐ》みまでして考えこんだあげく、

「……まあ、取りあえずお話はうかがった。一応《いちおう》その茨という女房《にょうぼう》のゆくえは探《さが》してみましょう。しかし、お気の毒ですが、笛が出てくるのは期待なさらぬほうが良いと思います。また、この件《けん》が表ざたになるのもお立場上よろしくないとぞんじます。」

では、これにて……と言いのこすや、さっさと引きあげていったのである。

中納言も姫もこれには心底がっかりした。

「それではこれ以上の捜査《そうさ》はしないということ？　あきれたものだわ。犯罪者《はんざいしゃ》を捕《つか》まえて

罰《ばつ》をくだすのが検非違使《けびいし》の役目だというのに。それに茨があやしいなんて……。」

茨は女房《にょうぼう》たちの中でも姫《ひめ》のお気にいりであった。あの少将《しょうしょう》との一件《いっけん》のすこしあとに、急に暇《ひま》をとると聞いたときはさびしくもあった。

「お父さま、まさかあの茨が……信じられません。茨は鍵《かぎ》のありかを知っていたのでしょうか？」

中納言《ちゅうなごん》の顔は血の気を失い、なにも答えようとしない。先ほどの佐《すけ》の言葉がひびいていたからである。ことは単なる盗難事件《とうなんじけん》ではない。帝《みかど》からおあずかりした大切な笛を失ったということは、いかなる理由があってもゆるされることではないのだ。

帝のお叱《しか》りをこうむれば中納言は面目《めんぼく》を失う、どころか帝のお言葉をおろそかにしたということで帝への叛意《はんい》まで疑《うたが》われかねないのである。

「お父さま……!?」

姫の目の前で、中納言は胸《むね》をおさえて身をもがくと、「うっ。」と、うめいてそのまま倒《たお》れてしまった。

四　失脚《しっきゃく》

もともと体の丈夫《じょうぶ》なたちでなかった中納言《ちゅうなごん》は、それ以来しばしば床《とこ》につくことが多くなった。『黒鵜《こくう》』を失ったとあっては春の管弦《かんげん》のもよおしは欠席せざるをえなかったし、帝《みかど》のおよび出《だ》しに応《おう》じることもできなくなった。

帝のご不快《ふかい》はもとより、笛が失われたことはどこからともなく世間の知れるところとなり、元来中納言のような中流貴族《きぞく》を帝がお取り立てになるのをこころよく思っていなかった左大臣《さだいじん》などは、

「帝が愛《め》でた天下の宝物《ほうもつ》をおろそかにあつかい紛失《ふんしつ》するとは、けしからぬことだ。大切にあずかるようにとのご命《めい》に反するとは反逆罪《はんぎゃくざい》にもひとしいことだ!」

とまで言いはなった。

時の権力者《けんりょくしゃ》の言葉に、まわりの公卿《くぎょう》や親族までもが中納言家《ちゅうなごんけ》から遠ざかっていった。中納言自身も帝《みかど》のお怒《いか》りが恐《おそ》ろしく、申しわけなさからいっそう元気を失い衰《おとろ》えていった。夏の猛暑《もうしょ》がひどくこたえ、秋もすぎ木の葉が散りはてるころ、中納言は枕辺《まくらべ》に姫《ひめ》をよびよせて、

「姫や……。私《わたし》の命もこれまでと思う。あれこれと心のこりが多いが、中でも気がかりでならぬのがそなたの身の上じゃ。まだ若《わか》い身《み》で、父といううしろだてを失ってどうやって生きていくのか……。それを思うと父は死んでも死にきれぬ。そして、ああ……あの笛さえ出てくれれば……帝のおゆるしも……。無念でならぬ。」

と、落涙《らくるい》しつつ語った。

「お父さま、しっかりなさって。笛はきっと出てまいります。名笛《めいてき》は名手のもとにもどると申します。私はもう一度お父さまの吹《ふ》く『黒鶫』の音を聞きとうございます。」

姫はあらゆる寺社に病気平癒《びょうきへいゆ》の願《がん》を立て祈禱《きとう》をたのんだが、そのかいもなく中納言は木の葉が落ちるように儚《はかな》くなってしまったのである。

病床《びょうしょう》のまわりにめぐらせた幕《まく》の外で僧《そう》たちの唱《とな》える読経《どきょう》の声の中。御仏《みほとけ》にみちびかれ

て極楽浄土《ごくらくじょうど》へ行けますようにと、念持仏《ねんじぶつ》につながれた五色の糸が力を失った父の手からするりと滑《すべ》り落《お》ちた瞬間《しゅんかん》、姫《ひめ》はこの世のすべての絆《きずな》を失ったのだと感じた。

中納言《ちゅうなごん》亡《な》きあとの屋敷《やしき》からは、使用人が櫛《くし》の歯《は》を欠くようにひとり、ふたりと去っていった。中にはこっそりと家の中のものを持ちだす者もいた。しまいには家政《かせい》を取りしきる家司《けいし》までもが、いくつかの豊《ゆた》かな*荘園《しょうえん》の所有権《しょゆうけん》の証書《しょうしょ》ごと消え失せた。中納言家の収入《しゅうにゅう》のすべてが失われたのである。それと知れたときには、姫には年老いた乳母《うば》と二、三人の女房《にょうぼう》、*雑色《ぞうしき》がのこっているばかりであった。

がらんとした屋敷には、*鈍色《にびいろ》の喪服《もふく》をまとった姫だけがのこされた。力になってくれる身内もなく、気は強くてもまだ十五歳《さい》の、公卿《くぎょう》の娘《むすめ》として育った姫には、世間を渡《わた》っていくだけの知識《ちしき》も経験《けいけん》もなかった。当主を失えば高貴《こうき》な姫君といえど落ちぶれ、路頭にまようこともめずらしくない時代である。

「これからどうなさるおつもりですか？　姫さま、こうなったら尼寺《あまでら》にでも身をよせ、尼君となってお父上の菩提《ぼだい》をとむらってすごされるのがよろしいのでは？」

と、乳母《うば》や女房《にょうぼう》たちが進言するが、姫《ひめ》は、

「嫌《いや》です。尼寺《あまでら》など。私《わたし》にはまだお父さまが亡《な》くなられたことさえ夢《ゆめ》の中のことのようで、お父さまがいらっしゃらないのも信じられないくらいなのに。」

そう言って動かない。

「そう気強くおっしゃっても、やんごとない姫さまになにがおできになれましょう。男あるじの付けてくれる護衛《ごえい》なしに、おなごの身では外を出歩くことさえできませんのに。せめて姫さまがお婿《むこ》さまをお迎《むか》えであったら、こんな心配もいりませんでしたのに。」

いや、せめて男に生まれていたらと姫は思う。自由に行動できる男であれば、あの笛だってどうにかして探《さが》しあて取りもどせたかもしれないのに……と、自分の身のふり方ひとつ、ひとりでは決められぬ女に生まれたわが身を呪《のろ》った。

その夜のことである。ちらほらと空から白いものが降《ふ》りだし、

「いちだんと冷えること。」

と、女房たちがよりかたまって暖《だん》をとっているところへ、表の通りからだれやら先触《さきぶ》れの

＊荘園《しょうえん》――領地《りょうち》　＊雑色《ぞうしき》――律令制《りつりょうせい》の職位のひとつ。院、御所《ごしょ》、公家《くげ》に仕えた雑役係《ざつえきがかり》　＊鈍色《にびいろ》――濃《こ》い灰色《はいいろ》

声がする。どうやら貴人《きじん》のお通りのようである。身の軽い女房《にょうぼう》がのぞきに行き、

「お姫《ひめ》さま、どうやらあれはあの蔵人《くろうど》の少将《しょうしょう》さまのお車のようでございます。」

「蔵人の少将さまといえば、以前姫君にお心をよせておられたお方ではございませんか。ひょっとして姫さまのことをお忘《わす》れにならず訪《たず》ねてこられたのかも……！」

女房たちも乳母《うば》も色めき立っている。

「少将さまがお通いになられたらどんなに心強いことか……この姫君のわびずまいも、きっとお助けくださるにちがいない。早うお迎《むか》えのしたくを。」

姫はおどろいた。冗談《じょうだん》じゃない、と思った。

「そんなの嫌《いや》よ。あんなお方に助けてもらうなんて……！」

すると、年かさの女房が首をふり、太いため息をつきながら、

「ここまで落ちぶれたお方に他に何がおできになられましょう。少しは大人におなりくださいませ、姫さま。」

「……大人……って？」

つまりそれはみなのために嫌な人にも頭を下げろ、ということ？　姫はそれではわが身

を生活のために売るようなものではないか、しかしみながそれほど自分をあてにしているのでは主人としてしかたがない、そう考えて覚悟《かくご》を決めた。

ところが、少将《しょうしょう》の牛車《ぎっしゃ》はそのまま門の前を行きすぎていくではないか。いや、すこし止めて、

「……なんと、ここはあの紅梅《こうばい》の中納言《ちゅうなごん》の屋敷《やしき》ではないか。これはこれは、見すごすところであった。主を失うと、あの優雅《ゆうが》な館がかくもみすぼらしき八重葎《やえむぐら》の荒《あ》れ屋《や》となりはてるとは。あの気位い高き姫君《ひめぎみ》もこうなってはあわれなものよ。まこと世は無常《むじょう》なものよ。」

少将の笑い声と共に牛車はふたたび遠ざかっていく。明らかに屋敷内に姫がいて聞いていると知っての当てつけだった。姫の顔に朱《しゅ》がさし、くやし涙《なみだ》がこぼれた。

「なんということでしょう。これも姫さまが手ひどく少将さまをふっておしまいになった腹《はら》いせかもしれません。」

「殿方《とのがた》に恥《はじ》をかかせると恐《おそ》ろしいことになるものですわ。」

ひそひそと女房《にょうぼう》たちが話しているのを、「そなたたちこそ当てつけだわ。」と、姫が聞

くともなしに聞いていると、

「そういえば、少将《しょうしょう》さまにはもう別にお通いになるところがおありなのよ。いつぞやは御《お》車《くるま》は六角小路《ろっかくこうじ》の方にむかって行きました。」

と、姫《ひめ》が聞いていることもかまわず、口さがない女房《にょうぼう》のひとりが言いだす。

「六角小路？　そういえばあの笛の騒動《そうどう》の折に名の出た茨《いばら》とやらの在所《ざいしょ》というのは、そこじゃなかったかしら。それじゃあ少将さまはあの茨にもお手を……？」

するといかにも世《よ》慣《な》れたふうの年かさのひとりが、わけ知り顔で声をひそめ、

「ありうるわねぇ、それは。公達《きんだち》がお目あての女人《にょにん》のもとに忍《しの》ぶ時は、まずそのお方のおつきの女房に近づいて袖《そで》の下《した》を渡《わた》すとか、時にはまずその女房に恋《こい》をしかけて味方にしてから……なんて、よく聞く話ですからね。姫さまのご寝所《しんじょ》に少将の君をお入れしたのも案外、あの娘《むすめ》だったのかも……？」

……なんですって……？

姫は思わず聴《き》き耳《みみ》をたてた。そういえば茨は少将にあこがれ、恋人《こいびと》になりたいと言っていたのだっけ。……だから、少将を寝所に手引きをしたのも彼女《かのじょ》だと……？　そう思いか

えせば……あの少将《しょうしょう》の一件《いっけん》以来だったろうか、茨が急速に姫《ひめ》と距離《きょり》をおくようになったのは。そして唐突《とうとつ》に、暇《ひま》をとって姫の前から姿《すがた》を消したのだった。

後々、あれはやっぱり茨の、恋《こい》する少将に恥《はじ》をかかせた私《わたし》を内心では嫌《きら》っていたせいかもしれない、と、うっすらとは考えた。しかし、その後は父上の看病《かんびょう》やご葬儀《そうぎ》やらで頭がいっぱいで、それ以上深く思うこともなく来たのだった。

……いやいや、やっぱりそんなことはない。なぜあれほどにうちとけ、仲の良かった茨が私にそんなことをするというのか？　しかも自分の恋する男性《だんせい》を他の女性のもとに忍《しの》ばせるなどとは、ありえない……。

「そなたたち、たしかでもないことを言いたてないで。茨はそんな娘《むすめ》じゃないわ。」

姫は、まだひとしきり茨のうわさで盛《も》りあがっている女房《にょうぼう》たちを制《せい》した。

「いいえ、お姫さま。それどころか笛がなくなったのもあの者のしわざかも……あの笛の盗難《とうなん》が発覚したのは、茨がお屋敷《やしき》を去ってすぐのことですよ。あの検非違使殿《けびいしどの》も、茨があやしいと申していたではありませぬか。」

「……でも、あの時、お父さまもおっしゃったように、笛を盗《ぬす》んでも茨にはなんの得にもならないのよ。盗む理由がないわ……。」

姫《ひめ》はそれ以上言いかえす言葉がなかった。そう、理由はない。恋《こい》する人に恥《はじ》をかかせた自分への嫌《いや》がらせ以外には……。

姫は、なぜあのときすぐにも茨を探《さが》さなかったのかと悔《く》やんだ。あのころならばまだ、男の伴《とも》を連れていくこともできただろうに、今となっては……。茨に会って直接《ちょくせつ》彼女《かのじょ》の口から私《わたし》を裏切《うらぎ》ったのではないこと、笛とは無関係であることを聞きたかった。そうでないと自分が救われないような気がした。

「お姫さまはなんとお甘《あま》くていらっしゃるのでしょう。いかにあの茨が高望みする娘《むすめ》だったのかもごぞんじなくて。新参のあの者の肩《かた》をお持ちになり、私どものことはお信じにならぬとは、それでは古くから姫さまをお守りしてきた甲斐《かい》のないお話でございますこと！」

姫は、女房《にょうぼう》たちの反感まで買ってしまったようであった。

五　検非違使《けびいし》

その冬、一同はわずかに残された家財《かざい》、調度類を食べ物や薪《たきぎ》、炭にかえ、その日その日をしのぐくらしとなった。

悪いことは重なるもので、ある風の強い夜のこと、隣家《りんか》からのもらい火で屋敷《やしき》が全焼《ぜんしょう》してしまったのである。亡《な》き父の愛したあの紅梅《こうばい》の木も焼けこげて無惨《むざん》な姿《すがた》をさらしている。それを目にした姫《ひめ》は、かつての日々がすべて失われ、自分もまたすでに、死んだ者のように思われた。

「いっそお父さまのおあとを追いたい。」

さすがに気丈《きじょう》だった姫もまるでぬけがらのようになってしまった。乳母《うば》はそんな姫を抱《かか》えるようにして、かろうじて焼けのこった寝殿《しんでん》の一部に戸を立てかけてすまいとし、そこへ姫《ひめ》をうつした。
もはや姫に付きしたがうのはこの乳母《うば》と、その親類という下男ふたりだけとなってい
た。屋敷《やしき》の塀《へい》はくずれ、雑草《ざっそう》の中の焼けこげた小屋となった家で、主従《しゅじゅう》は着物や焼けの
こりのものを売って飢《う》えと寒さをしのいだ。そんなことも先が見えているのは明らかで、
ついに最後にと姫の母上のかたみの水晶《すいしょう》の数珠《じゅず》を売ったとき、姫はこれまで、と思った。
その日から食を断《た》った。
なんの望みも見出《みいだ》せぬこの世から、早く失《う》せてしまいたかった。
「姫さま、すこしでもめしあがってくださいませ。」
乳母がさし出す菜を入れた粥《かゆ》の椀《わん》をおしやって、姫は身を横たえていた。

その夜は満月であったが月は磨《みが》かれた金属《きんぞく》のような光をはなち、風は強く、轟々《ごうごう》と音を
たてて木々をゆすり、主従の危《あや》うげな住居《じゅうきょ》をもみ倒《たお》すかのように思われた。その風の音
に混《ま》じって、遠くから人々の怒号《どごう》のようなものが聞こえてきた。心細そうに隅《すみ》にうずく
まっていた乳母が、なにごとであろうかと下男を見にやらせた。

「役人が盗賊《とうぞく》を追っているようでございます。狭霧丸《さぎりまる》とか申す大盗賊だそうで……。」

「なんという物騒《ぶっそう》な世の中でしょう。南無観世音菩薩《なむかんぜおんぼさつ》……。」

乳母《うば》がもごもごと口の中で念仏《ねんぶつ》を唱えているのを、姫《ひめ》は床《とこ》の中に身を横たえたままで聞いていた。なにも怖《こわ》くなかった。盗賊であれ人殺しであれ、もはやどうでも良いように思われた。油も買えぬままにあかりもともせぬ闇《やみ》の底で、衰《おとろ》えきった体を起こしてみる気力も失《う》せていたのだ。

そのとき、ごうっと一段《いちだん》と強い風が立てかけただけの扉《とびら》をあおりたて、すさまじい音をたてて吹《ふ》きとばしてしまった。寒さよけにと入り口に立ててあった几帳《きちょう》の布《ぬの》をまきあげ、そのすきまから真っ白な月の光がさっと射《さ》しこんで、あばら屋の中を照らしだした。同時に大きな黒いものが渦《うず》をまくように飛びこんできた。

「あれっ……！」

乳母は袖《そで》で目をおおうと、物かげにうずくまった。気がつくと、ぎらつく月光を背負《せお》った大きな黒い影《かげ》が姫の枕辺《まくらべ》に立ちはだかっていた。

「……やっ⁉　だれもいない物置と思うたに、人がいたのか。」

黒ずくめの装束《しょうぞく》に覆面《ふくめん》、髪《かみ》はおどろにふり乱《みだ》し、手には抜《ぬ》き身《み》の太刀《たち》を握《にぎ》った大男である。姫《ひめ》はこのときようやくに身を起こしてながめ、よろよろとしながらも侵入者《しんにゅうしゃ》の前に立った。

「お、お姫さま！　なりませぬ。おにげくださいまし！　それはお、鬼《おに》でございます！」

鬼も魑魅魍魎《ちみもうりょう》も跋扈《ばっこ》すると信じられていた時代である。姫は悲鳴に近い乳母《うば》の制止《せいし》を聞きながすと、

「……鬼？　それならちょうど良い。鬼ならば私《わたし》を喰《く》らうが良い。夜盗《やとう》ならば私をその太刀で斬《き》るが良い。座《ざ》して死を待つより話が早い。そなた、さっさと私を手にかけよ！」

と、言い放った。

盗賊《とうぞく》は面くらった。役人の目をくらまし、少しの間この荒《あ》れ屋《や》に身をかくそうとしただけだったのだ。

「……なんだと？　殺せだと？　あいにくだがこの狭霧丸は盗《ぬす》みはするが非道《ひどう》はせぬ。女、子どもを殺すようなことはしない。少しの間静かにしていてくれ。役人どもが去れば俺《おれ》も出ていくから。」

「嫌《いや》です！　早く私《わたし》を殺しなさい！　その刀はそのためのものでしょう？　だったら早く私を斬《き》りなさい。私はもうこの世に生きていたくない。一刻《いっこく》も早く儚《はかな》くなって、お父さまのおそばに行きたいのだから！」

「なんだと？　死にたいから殺せだと？　お前は頭がおかしいのか？　ちっ、面倒《めんどう》な女だ。しばりあげておくしかないか？」

その声を聞いて、姫《ひめ》はなんとなく聞きおぼえのある声だと思った。覆面《ふくめん》でくぐもってはいるが、たしかにこれは……。次の瞬間《しゅんかん》、自分のどこにこんな力が残っていたかというすばやさで、姫は男の腕《うで》をかいくぐり覆面に手をかけるや、ぐい、と引き下ろしていた。

陽《ひ》にやけた浅黒い顔。男らしく整った眉目《びもく》。ゆったりと大きめの口が今は「あっ。」という形に開かれている。

「思ったとおり……！　そなたはあの検非違使《けびいし》の佐《すけ》ですね？　なんということか。盗賊《とうぞく》の正体がそれをとりしまるべき検非違使とは……！」

検非違使の佐・夜盗狭霧丸は一瞬《いっしゅん》意外なものを見るように姫をながめると、すこし渋《しぶ》い顔になり、なだめるように、

「ますます面倒《めんどう》なことをしてくれたな。とにかく静かにしていてくれ。たのむから。」

「嫌《いや》です！　面倒ならば、さっさと私《わたし》を殺すのですね。でないと大声を出します。狭霧丸がここにいると……！」

狭霧丸がだまりこんだ一拍《いっぱく》の間のあと、「きゃ――――っ。」というとんでもなく大きな悲鳴に続き、

「だれか来てえっ！　ここに……。」

狭霧丸はみなまで言わせず、すばやく姫《ひめ》の口を手でおさえ体を横抱《よこだ》きにすると表に走りでた。ものすごいばかりの月光に照らされて、あたりは真昼のように明るい。

「やっ！　盗賊《とうぞく》が現《あらわ》れたぞ！」

「狭霧丸じゃ！　出会え！　捕《つか》まえろ！」

気づいた役人がバラバラと駆《か》けよってくる。狭霧丸は片腕《かたうで》に姫を抱《かか》えたまま、焼け残った中納言邸《ちゅうなごんてい》の築地塀《ついじべい》に飛びあがり、そのまま走りだす。その足元を、役人どもが喚《わめ》きののしりながら追ってくる。

姫《ひめ》はぐったりと意識《いしき》を失っているようで抵抗《ていこう》する気配もない。築地が尽《つ》きるところで狭

霧丸は悠々《ゆうゆう》と役人どもを見下ろすと、右手を大きくふった。その先からするすると一条《じょう》の黒い縄《なわ》のようなものが伸《の》び、道ばたの一段《いちだん》と高い松の枝《えだ》に小さな分銅《ふんどう》をからみつけた。

狭霧丸ははずみをつけると、黒い革《かわ》ひもをしっかりと手にまきつけたまま、枝のしなりを利用して大きく跳躍《ちょうやく》した。

おどろきさわぐ役人どもの頭上を飛《と》び越《こ》え満月を横切り、ふわりと宙《ちゅう》に浮《う》かんだ夜盗《やとう》は中《ちゅう》納言《なごん》の姫《ひめ》もろとも、そのまま夜空にかき消えてしまった。

「だれか！　助けてくだされ！　お姫さまが鬼《おに》にさらわれた！　お姫さま！　お姫さまーっ。」

乳母《うば》の悲痛《ひつう》な叫《さけ》び声《ごえ》だけが都の夜空にひびいた。

こうして笛の中納言の姫君は零落《れいらく》のはて、荒《あ》れ屋《や》で鬼に襲《おそ》われ、さらわれて哀《あわ》れにも喰《く》われたのだと人々はうわさしたのである。

六　狭霧丸《さぎりまる》

嫌《いや》な夢《ゆめ》から覚めるように姫《ひめ》は身をよじりながら目覚めた。見知らぬ屋敷《やしき》の中である。かたわらには上品な袿《うちぎ》をまとった老女がつきそっている。……なんだ、まだ生きているんだ……と、がっかりした。

身分のある者の家らしく、派手《はで》ではないが上物の落ちついた色あいの家具調度にかこまれた床《とこ》に寝《ね》かされている。どこかで小鳥のさえずる声がしていて、上げられた格子越《こうしご》しに、赤い花をつけた椿《つばき》の木が小さな庭に彩《いろど》りをあたえているのが見える。

「お気づきになられましたか？」

老女に問われ一気に記憶《きおく》がよみがえった。……あのとき、自分はもう死ぬのだと決めて抵抗《ていこう》もせずにあの盗賊《とうぞく》のされるがままにしていた。抱《かか》えだされてそのうちいきなりふっ、と体が宙《ちゅう》に舞《ま》いあがったと思ったらぐるりと天地がひっくり返った。大きなお月さまがぐんぐんと目の前に迫《せま》ってくるのを見て……それで、ああ私《わたし》はこれで死ねるのだと……お父さまのところへ参るのだと……。それきりなにもわからなくなって……でも、ちがったのだわ。

やがて侍女《じじょ》がふたりほど、洗顔《せんがん》のための*角盥《つのだらい》や*泔坏《ゆするつき》、朝げの粥《かゆ》などを運んでくる。火桶《ひおけ》にはあかあかと炭がおこされ、姫《ひめ》はしばしかつての屋敷《やしき》でのくらしに返ったような錯《さっ》覚《かく》にひたっていたが、ひとつ大きくため息をつくと、

「ここはどなたのお屋敷ですか?」

「五位の左衛門《さえもん》の佐《すけ》、橘《たちばなの》基忠《もとただ》の館でございます。私《わたくし》どもは姫さまをお世話申しあげるように主人、基忠さまより言いつかっております。なんなりとおっしゃってくださいませ。」

と、老女がしとやかに答える。

「では主人の左衛門の佐に会わせてください。」

「それは今すこしお体が回復《かいふく》されてから……。」

姫は侍女たちの制止《せいし》をふりきるとよろめきながら立ち上がり、ふらつく足を踏《ふ》みしめて

*角盥《つのだらい》——持ち手のついた洗面器《せんめんき》　*泔坏《ゆするつき》——口をゆすぐ器《うつわ》

屋敷の奥《おく》へむかった。五位の佐《すけ》らしくさほど大きくない館なので、じきに中庭に面した部屋の簀子縁《すのこえん》に碁盤《ごばん》を持ちだしてひとり石を置いている佐を見つけた。

「左衛門《さえもん》の佐、橘基忠殿、それとも夜盗狭霧丸《やとうさぎりまる》とよんだほうがよろしい？」

姫《ひめ》は立ったまま切り口上で言った。佐はちょっとこまったような顔をして、まぶしげに姫を見上げた。昨夜の恐《おそ》ろしいまでの精悍《せいかん》な面影《おもかげ》は失《う》せて、濃《こ》いめの眉《まゆ》は八の字に下がり、けわしかった目は糸のようで、口は今にも笑いだしそうにゆるんでいる。

こんな盗《ぬす》っ人役人《と》にさらわれて死にそこねたかと思うと姫は惜《くや》しくて猛然《もうぜん》と腹《はら》が立ち、よけいに男をにらみつけた。

「これは中納言《ちゅうなごん》の姫君、お目覚めになりましたか。落ちつかれましたら、御簾《みす》越しにでもごあいさつにうかがうところでした。」

佐はあらためて居《い》ずまいを正し、慇懃《いんぎん》に辞儀《じぎ》をした。御簾越し、と言われ姫は、あっと顔を赤くしてあわててうしろを向いた。貴族《きぞく》の姫は男に直《じか》に顔を見せてはならないのに、我《われ》を忘《わす》れて部屋に扇《おうぎ》を置いてきてしまったのだ。

しかし、うしろむきでは相手をにらむことができないではないか。やむなく袖《そで》で目から下をおおってむきなおった。佐《すけ》は吹《ふ》きだしそうになりながらも咳《せき》ばらいに紛《まぎ》らせ、礼儀《れいぎ》正《ただ》しく横をむいて澄《す》ましている。

「そ、そなた、なぜ私《わたし》を中納言《ちゅうなごん》の姫《ひめ》と……？」

「あのお屋敷跡《やしきあと》にいてそんな濃《こ》い鈍色《にびいろ》の袿《うちぎ》を着る人は、故《こ》中納言さまのお身内しかあるまいと思いあたっただけです。まさかまだあの廃墟《はいきょ》に住んでおいでとは知らなかった。」

「よけいなお世話です。そなたこそ、なぜ私を殺さなかったのですか。私はあのまま儚《はかな》くなって、一刻《いっこく》も早く父上の御許《おんもと》に行きたかったのに……！」

「……儚く？　若《わか》い身空で……本当にそんなことをお思いか？」

佐は眉《まゆ》をひそめてたずねた。

「無論《むろん》です。もはやこの世にはなんの望みもありません。今からでもおそくはない、遠慮《えんりょ》なくそうなさい。なにしろ私はそなたの正体を知っているのですから……やはり口をふさいだほうが良いでしょう？」

「うーん、それは全くそうだ。こまったものだな……。」

佐は苦笑いしながらせまい庭の南天の木をながめている。まだ残っている赤い実を、なんという鳥なのかしきりについばんでいる。

「犯罪《はんざい》を取《と》り締《し》まるべき検非違使《けびいし》みずからが犯罪者などと、こんなたわけた世の中に生《い》き恥《はじ》をさらすつもりはないのです。ためらうことはありません。どうせ何人も手にかけているのでしょうから。」

「……なるほど、よほど死にたいらしい。」

佐《すけ》はふいに真顔になって立ち上がった。そして昨夜の夜盗《やとう》の目にもどり、こう言った。

「では俺《おれ》について来るが良い。」

夜盗は姫《ひめ》の手をぐい、とつかみ、そのまま廊下《ろうか》を表にむかって歩きだした。

「だれかある。車を用意いたせ！」

と、よばわる。姫はその手をふりほどこうとしたが、それほどの体力がもう自分にはないと悟《さと》ると、廊下を引きずられるままに進んだ。それでも屋敷《やしき》の召《め》し使《つか》いや下男が出てきて見つめていると思うと、今さらながら扇《おうぎ》を忘《わす》れたことが悔《く》やまれた。必死に袖《そで》で顔をかくしていたが、思えばこれから殺されようとしている身に体面もたしなみもあるものか、とむしろ昂然《こうぜん》と顔を上げて佐についで行った。佐はさすがにまたもや苦笑いをすると、自分の扇《おうぎ》をさし出し、「使え。」と言った。

牛車《ぎっしゃ》に乗せられて洛中《らくちゅう》を行く。しかし垂《た》らしておくべき牛車の後簾《あとすだれ》は半ばまでまきあげられて、両側の*長物見《ながものみ》は開けはなってある。姫《ひめ》も貴族《きぞく》の娘《むすめ》であるので、たまに寺へ参《さん》籠《ろう》しに行くときなどには牛車を使った。しかしおつきの女房《にょうぼう》などが、

「やんごとない姫君がごらんになるものではございません。」

と、窓《まど》を閉ざし、後簾にも几帳《きちょう》を立ててかくしてしまうので、姫は町中のようすなどくわしく見たこともなかったのである。

だから今は開けられた物見や後簾の下から、なにもかもがよく見わたせた。

牛車はゆるゆると朱雀大路《すざくおおじ》を進む。同じように牛車に乗った貴族《きぞく》。馬に乗り伴《とも》を従《したが》えた侍《さむらい》。市の小店。買いもの客。頭に載せたものをよばわりながら売り歩く女たち。広い大路は活気に満ち、人であふれている。

姫には初めて見るものばかりだった。……なんというにぎわい、自分の住む都とはなんとはなやかな所だったのか……姫は先ほどまでのいきさつをすっかり忘《わす》れ、ものめずらしさのあまり思わず口をきいてしまった。

*長物見《ながものみ》——のぞき窓《まど》

「まあ……あの店にある布《ぬの》のなんとあざやかで美しいこと！　……あの頭に花や薪《たきぎ》を載せている女たちは……？」

「見るのは初めてか。これがあなたの住んでいる京の都の姿《すがた》だ。」

「だって、屋敷《やしき》から出たことなどありませんから、知りませんでした。こんな……。」

そう言いつつ視線《しせん》を人々の足元へとうつしたとき、そこにはまた、ぎょっとするような都の姿があった。

ぼろ布をまとい、うす汚《よご》れて道ばたに座《すわ》りこみ、うずくまって大声で物乞《ものご》いをしている大勢《おおぜい》の乞食《こじき》たち。まだ若《わか》い女も幼《おさな》い子どももいる。筵《むしろ》をしいてそのまま大道《だいどう》に寝《ね》ている病人もいる。姫《ひめ》が初めて見る貧民《ひんみん》の姿であった。

自分も落ちぶれはてて ながらえていれば、いずれはこの者たちと同じようになっていたのだ、そう思うとゾッとした。……やはり死んだほうがましだ。

「あんな姿になるくらいなら死んだほうが良いとお思いであろうな。」

佐《すけ》が見透《みす》かしたように言う。

「それではあの者たちがしまいにはどうなるかを見せてやろう。」

佐《すけ》は牛車《ぎっしゃ》を都の南の入り口である羅城門《らじょうもん》へと向けた。朱《しゅ》に塗《ぬ》られた二層《そう》の楼閣《ろうかく》をそなえた大門《おおもん》は近づくにつれ、かなり古び荒《あ》れはてているようすが見てとれた。そして楼門に身をよせているおびただしい人々の群《む》れ。ありたけの着物、というよりはぼろをまとって寒さをしのいでいる者もあれば、半裸《はんら》で震《ふる》えている者もいる。貧者《ひんじゃ》の群《む》れ。なにやらわからぬものを煮炊《にた》きして食べている者、病人、大声で念仏《ねんぶつ》をがなり立てている乞食坊主《こじきぼうず》など、姫《ひめ》には見るにたえない光景であった。

そして牛車が羅城門をくぐり、都の外に出たとたん、ものすごい悪臭《あくしゅう》がおそってきた。姫は「あっ。」と扇《おうぎ》で顔をおおった。数《かず》かぎりない灰色《はいいろ》の死体が門の外に放置されていたからである。子どものころに寺で見せられた地獄絵《じごくえ》そのものだった。死体の間を何人かの男が歩きまわり、死体からなにかをあさっている。死体のかたわらになにやら熱心にかがみこんでいる、幽鬼《ゆうき》のような老婆《ろうば》もいる。

「よく見ておけ。」

と、佐は姫の手からそっと扇を取りあげると、顔をそちらにむけさせた。

「あれがあなたの望む、儚《はかな》くなるということの現実《げんじつ》だ。」

姫《ひめ》はもうものも言えず牛車《ぎっしゃ》の隅《すみ》にうずくまった。

「貧者《ひんじゃ》であれ物持ちであれ、最後には皆《みな》ああなるのだ。金目のものはみなはぎ取られて骨《ほね》になるまでさらされるのだ。あそこをうろついている婆《ばば》などは女の死体から髪《かみ》をぬいて*かもじにつくり、高貴《こうき》な女人方《にょにんがた》に売りつけるのをなりわいとしているのだ。」

「やめて！　そんなこと聞きたくありません！」

「いいや、姫君。これが、あなた方殿上人《てんじょうびと》が月よ花よと優雅《ゆうが》に遊びくらす都のもうひとつの顔なのだ。とくと見られよ。あなたも言葉どおり儚《はかな》くなられたあかつきには、その上等な絹《きぬ》の喪服《もふく》も袴《はかま》もはがされて、その丈《たけ》なす黒髪がぬけ落ちるころにはあの婆めが拾いにくることだろう。」

「やめて！　私《わたし》は父上のおそばに埋《う》めてもらうわ。」

「鳥辺野《とりべの》か化野《あだしの》か？　あそこだって*殯《もがり》の間に遺体《いたい》あさりが横行するのだぞ。数珠《じゅず》も守り刀も、衣服もはがされて放り出された貴人《きじん》の遺体がゴロゴロしているのだ。」

姫はもはや言葉もでなかった。ただ涙《なみだ》だけが流れた。佐《すけ》は姫に扇《おうぎ》を返し、後簾《あとすだれ》を下ろして視界《しかい》をさえぎった。姫は扇のかげで泣きに泣いた。その涙が涸《か》れるころ、佐は目を伏《ふ》せて言った。

「すまない。俺《おれ》はただ……あなたに死ぬということ……そしてあんな難民《なんみん》、貧者《ひんじゃ》であれ、幽鬼《ゆうき》のような者たちであれ、みな必死に生きようとしていることを伝えたかったのだ。死んだら終わりだ。死のうなどともったいないことだと……。」

そして深い眼差《まなざ》しになると話しだした。

「姫《ひめ》よ、なぜこのような世であるのか俺にはわからぬ。しかし、洛中《らくちゅう》で見た、また羅城門に吹《ふ》きよせられた貧者が、地方から京にのがれ、流れこんだ食いつめ農民のなれのはてだということは知っている。」

「農民？　それは荘園《しょうえん》の民《たみ》のことですか？　なぜその者どもは分《ぶん》をわきまえて荘園で働かぬのですか？　なぜ荘園からにげたりするのですか？」

「租税《そぜい》が払《はら》えぬためだ。荘園を管理する者が税のうわ前をはね、重税となって、農民どもは自分たちの食う米さえも税としてさし出さねばならぬ。そのうえ日照りや冷害で、地方では餓死者《がししゃ》も出ている。荘園からにげて都に出ればなんとか食えると考えて、たどり着いてもこのありさまだ。」

＊かもじ――髪《かみ》を長く見せる部分鬘《かつら》　＊殯《もがり》――奈良時代の葬儀儀礼。本葬するまで長い間、遺体を仮安置する

「……知りませんでした。荘園《しょうえん》がそんなことになっていたなんて。」

「そりゃあ、あなたは知るまい。貴族《きぞく》の姫君《ひめぎみ》だからな。あなたが興味《きょうみ》を持つのは貴公子との恋物語《こいものがたり》や衣裳《いしょう》の色、和歌に音曲《おんぎょく》といったところだろう。」

「……失礼ですよ、そういうのって。私《わたし》は……知らなかっただけだわ！」

「俺《おれ》も実は知らなかった。昔あちこちをうろついてたころにすこしは感じていたのだが、本当にそうなのだとわかったのは、検非違使《けびいし》の佐《すけ》に任《にん》ぜられてからなのだ。検非違使庁《けびいしちょう》の佐という職《しょく》は、実は名誉職《めいよしょく》で実際《じっさい》の職務《しょくむ》はないんだ。だが俺は暇《ひま》だったから、庁におもむいて罪人《ざいにん》の裁判《さいばん》なんかをしていたのさ。ほら、知っての通り検非違使ってのは、犯罪《はんざい》のとりしまりから捕縛《ほばく》、裁判で刑罰《けいばつ》まで決めるのが役目だからな。

盗《ぬす》っ人《と》が連れてこられて獄《ごく》につなぐわけだが、数か月もするとまた同じやつが同じ罪《つみ》で捕《つか》まえて来られる。あまりに何度もくりかえすので、さすがの俺も考えたわけだよ。」

「どういうわけでその者は……？」

「原因《げんいん》は……貧《まず》しさ、だったのさ。そいつはやっぱり地方の荘園から都ににげてきた農民だった。しかし都にも仕事があるわけでもない。飢《う》える。だから盗むしかない。……そんなやつがごまんといることもすぐにわかった。」

「そういう者たちは罪《つみ》を犯《おか》すしか生きる道がないのですか？」

「まぁ大半はな。しかし、人心がかくも荒《あ》れはてているのは、長年続く摂関政治《せっかんせいじ》――藤原《ふじわら》氏《し》が帝《みかど》の外戚《がいせき》となり、摂政《せっしょう》、関白を独占《どくせん》して政治の実権《じっけん》を握《にぎ》ったこと――の結果なのだ。朱雀《すざく》の帝より今日にいたる百七十年の間、藤原北家《ふじわらのほっけ》の栄華《えいが》のために、今や国民も国もかくまでに衰《おとろ》えてしまったのだ。国の富《とみ》は中央の権力者に集中し、中に立つ国司《こくし》や地頭《じとう》が農民どもの生き血を吸《す》っているというわけだ。その構造《こうぞう》が変わらぬかぎり、この地獄《じごく》は続く……。」

「それでそなたも盗賊《とうぞく》になったと言うつもりですか？」

佐《すけ》は無言で片方《かたほう》の眉《まゆ》をつりあげて姫《ひめ》を見すえた。

七　決意

佐《すけ》は牛飼《うしか》い童《わらわ》に命じて、牛車《ぎっしゃ》を郊外《こうがい》の東寺《とうじ》のほうへとむかわせた。

「実際《じっさい》のところすくなくとも、今上天皇《きんじょう》は現状《げんじょう》を変えようとご努力なさっておられると思う。しかし今上は朱雀《すざく》の帝《みかど》から、実に百七十年ぶりの藤原氏《ふじわらし》を外戚としない帝だ。藤原《ふじわら》摂関家《せっかんけ》、つまり左大臣《さだいじん》はそれがおもしろくないから陰《かげ》に日向《ひなた》に帝を抑《おさ》えようとするので、帝の政治改革《せいじかいかく》はなかなか進まない。苦労されながらも時流を変えようと、中流貴族《きぞく》を登用されておられるのもそのご意志《いし》からだよ。そういえばあなたのお父上もそういうおひとりだったな。」

そう言われると父・中納言《ちゅうなごん》も元は下位で雅楽頭《うたのかみ》をつとめていたのを、笛の名手とて中納言にまでお取りたていただいたのだった。姫《ひめ》はおしだまった。

考えることが多すぎた。

貧《まず》しい浮浪《ふろう》の民《たみ》のこと、父のこと、そして笛のこと……。

ごとごとと進む牛車《ぎっしゃ》の中で深く思いにしずんでいた姫《ひめ》が顔を上げたのは、小半刻《こはんとき》もすぎたころである。牛車はいつの間にか一軒《けん》の廃寺《はいじ》の境内《けいだい》に引きいれられていた。境内といっても、元は本堂と思われる建物と鐘《かね》のない鐘楼《しょうろう》のみのあき地である。そこに掘《ほ》っ立《た》て小屋《ご》《や》がいくつも建てられ、あちこちにぼろ布《ぬの》の洗濯物《せんたくもの》が干《ほ》されてはためいている。ここも貧しげな集まりであるが、すこしちがうのは人々の顔がなんとなく穏《おだ》やかに見えることだろうか。

あき地の中央には大きな火がたかれ、大鍋《おおなべ》がかけられていて、なにやらいろいろまぜこんだ雑炊《ぞうすい》のようなものが良い匂《にお》いをただよわせている。たき火のまわりには十人ほど、欠けた椀《わん》や土器《かわらけ》を手にした貧者《ひんじゃ》たちが炊《た》きだしをもらおうとならんでいる。小屋の中には、病人もいるらしく、そちらにも女や子どもが雑炊を運んでやったりしている。その匂いに、姫はひさしぶりに空腹感《くうふくかん》をおぼえた。

「おすな、おすな。食いものはたんとある。滋養《じよう》をつけて、よく休むんじゃ。おい、食い終わった椀《わん》はよくすすいでもどすのじゃぞ！」

ザンギリ頭の大柄《おおがら》な法体《ほったい》の男が法衣《ほうえ》の袖《そで》をたくし上げて、子連れの女に雑炊《ぞうすい》をよそいながら大声でどなっている。

「おい、大善坊《だいぜんぼう》よ。」

佐《すけ》が車の中から声をかける。

「や……。これはお頭。いや佐殿《すけどの》か、わざわざなにか？」

おかしら、と言うところを見ると、この僧侶《そうりょ》もまた夜盗《やとう》の仲間なのか。検非違使《けびいし》どころか僧侶までもが夜盗とは、世も末だ、と姫《ひめ》はのぞき窓《まど》をすこし引き開けてのぞいてみた。

「金子銀子《きんすぎんす》は分けてやったか、食い物は足りているか。」

「例によって新顔がどんどん増《ふ》えているからな。いくらあっても足りぬが、まぁなんとかやっている。」

「我《われ》らの仕事もそのためじゃ。危《あぶ》ない橋でもわたらねばならぬ。」

「そうじゃ。狭霧丸《さぎりまる》の施《ほど》しを民どもは知っていて、『狭霧丸は義賊《ぎぞく》よ、貧乏人《びんぼうにん》の味方よ。』とうたう者もいるほどじゃ。我らの仕事も終わらぬ。」

「義賊《ぎぞく》ですって?」

意外な言葉に、姫《ひめ》は思わず車の奥《おく》から身をのり出してしまった。それを見つけて大善坊が、

「おお、お頭ともあろうご仁《じん》が女と牛車《ぎっしゃ》のふたり乗りとはおめずらしいですな。このお嬢《じょう》ちゃんは一体どなたで……?」

姫はむっとして、

「失礼な! 私《わたし》はこの者とはなんの関係も……。」

「大善坊よ、誤解《ごかい》じゃ。」

狭霧丸もいささかあせって口をはさむ。

「このお方は、さる落ちぶれた貴族《きぞく》の姫君でな。ひょんなことから俺《おれ》の正体を知られてしまったのでこうしてつれ歩いているのだ。姫君、こちらは大善坊と申して、もとは大和《やまと》の国は東大寺《とうだいじ》の荒法師《あらほうし》だ。今は俺の仲間として奪《うば》った財宝を米にかえ、こうして貧者《ひんじゃ》のための炊《た》きだし所《どころ》をしている。」

姫はあきれて言った。

「僧侶《そうりょ》の身で盗賊《とうぞく》とは！　仏《ほとけ》さまもさぞやおなげきでしょうね。それに捕《つか》まったら破門《はもん》されてしまうのでは？」

「まぁな。しかし狭霧丸の一党《いっとう》は、民《たみ》の税《ぜい》を取りあげてぬくぬくと肥《こ》え太った*受領《ずりょう》どもや、ぬけ荷《に》でもうけている商人どもからは盗《ぬす》めども、貧《まず》しきは襲《おそ》わぬ。殺しも非道《ひどう》もなさぬ。それゆえ役人どもに追われれば、庶民《しょみん》たちが我《われ》らを匿《かくも》うてもくれる。捕まることはまず、ない。しかも東大寺で僧兵なんぞをしているよりは、こっちのほうがずっと仏道《ぶつどう》に叶《かな》うと思うてな。どうじゃ名のとおり『大善《だいぜん》』をなしているではないか。」

と、気のきいたしゃれでも言ったと思うのか、僧《そう》は呵呵《かか》と笑った。

姫《ひめ》はすっかりしらけてしまったが、なんともとぼけた僧の態度《たいど》に思わずくすりと笑いを誘《さそ》われてしまった。そういえば、笑うなんて、父上が亡《な》くなってから初めてかもしれない。

「大善坊よ、しゃべりすぎじゃ。それに我らとてそう綺麗《きれい》ごとばかりではない。一党《いっとう》の中には盗みだけで口《くち》すぎをしている者もいる。仲間割《なかまわ》れを防《ふせ》ぐために盗んだ金銀は働きに応《おう》じて仲間で分け、残る盗品《とうひん》を金にかえて施《ほどこ》しをしているだけだ。俺《おれ》たちは立派《りっぱ》な犯罪者《はんざいしゃ》だ。」

「念をおさなくともそんなこと、わかっております。」

姫《ひめ》もツンとして応《おう》じる。

「それで佐殿《すけどの》、このお嬢《じょう》ちゃん、いや姫君をどうするつもりじゃ？　我《われ》らのことを知られてはこのままですまされぬぞ。」

「心配はいらぬ。この人には俺《おれ》のゆかりの尼寺《あまでら》に入ってもらうつもりだ。」

「尼寺ですって？」

姫は大きな目をいっそう見ひらいた。

「俺の伯母《おば》が出家して宇治《うじ》に庵《いおり》をむすんでいる。そこなら都からも遠く素姓《すじょう》も知られず心静かにすごせる。そこで亡《な》き父君の菩提《ぼだい》をとむらってくらす、というのが女の身としては妥当《だとう》だろう。……まあ……その……あまりにも若《わか》いので……気の毒ではあるが……。」

最後のほうは言いにくそうに目をそらしながら佐が言う。とんでもない！　と、姫は発《はっ》止《し》と佐をにらみつけながら、

「嫌《いや》です！　そんなことお断《ことわ》りします。」

＊受領《ずりょう》――地方に赴任《ふにん》して行政責任を負う諸国の長官

「嫌《いや》でもほかに方法がない。あなたのような世間知らずの姫君を路頭に迷《まよ》わせるわけにはいかない。」

「私《わたし》は尼《あま》になどなりません！　尼になれば生きながらこの世を捨《す》てねばなりません。そんなの私は嫌《いや》です！　それに私が俗世《ぞくせ》を去って念仏《ねんぶつ》を唱えたって、父上はお喜びにならないわ。」

佐《すけ》はうんざりした顔で問うた。

「それじゃあ、どうするというのだ？」

次の瞬間《しゅんかん》、姫《ひめ》は自分でも意外と思うことを口にしていた。

「……私を……そなたの仲間にしてほしい！」

口に出してから初めて、我《われ》ながら、なるほど自分の本心ではそうしたかったのだと思った。佐と大善坊は顔を見あわせた。

「なにを……？　冗談《じょうだん》を言うな。高貴《こうき》の姫君《ひめぎみ》が盗賊《とうぞく》になどなれるものか！」

と、佐がどなる。

「いいえ、私は本気です。さっき牛車《ぎっしゃ》の中で考えていたのです。……父上が亡《な》くなられたのは『黒鵺《こくう》』を失ったためです。どこのだれが盗《ぬす》んだのか、それすら分かりませんでしたし、姫《ひめ》の身では自分で探《さが》すこともできませんでした。」

「……たしかに。俺《おれ》もあの時聞いた茨《いばら》とかいう女の在所《ざいしょ》を調べたのだが、茨はいなかった。茨はすでにどこかにゆくえをくらませたあとだったのだ。」

「それだから、です。私《わたし》が姫でなく盗賊《とうぞく》になればどこかの屋敷《やしき》の宝倉《ほくら》から、あるいは盗品の市ででも『黒鵺』を見つけだして父上のご無念をはらせるかもしれませぬ！」

そして、いかにも良いことを思いついた子どものように目をキラキラさせてこう続けた。

「そなただって私を仲間にすれば、私を殺して口をふさぐ手間がはぶけるでしょう？」

佐《すけ》・狭霧丸の口があんぐりと開いた。

「は……？　バカな……！　そんなことができると思っているのか。俺たちの仕事は遊びじゃない。ふざけたことを言うな！」

「できます……！　だから私を仲間、いえ手下にしてください。……たのみます！」

すがるような姫の眼差《まなざ》しを避《さ》けて佐はにべもなく、

「断《ことわ》る。我《われ》らは女を仲間にはせぬ！」

「……では女でなければよろしいのですね？」

そう言うや、視線《しせん》を佐《すけ》に当てたまま、姫《ひめ》はいきなり相手のふところに飛びこんだ。

「なにをする⁉」

身を離《はな》したときには姫の手にはすでに佐の腰刀《こしがたな》が握《にぎ》られていた。

「ありゃりゃ。これは……頭としたことが、ご油断《ゆだん》めされましたなぁ。」

と、大善坊。佐はにがり切って、

「なにをする気だ。返せ。ケガをするぞ。」

「そなたこそ。今私《わたし》に近《ちか》よればケガをしますよ。」

姫は相変わらず視線《しせん》をそらさぬまま、無言で刀の鞘《さや》をはらった。髪《かみ》を束ねて持つと刃《やいば》を当てて言いはなった。

「女ではならぬと申すのならば私は男になりましょう。中納言《ちゅうなごん》の姫は……今、この場でいなくなりました！」

引きとめる間もなく、ぐいと力をこめて小刀を引く。ざくざくと音がして黒髪が落ちた。

「なんと……思い切ったことを！　なんと……惜《お》しい……！　髪《かみ》は女の命と言うのに。」

牛車《ぎっしゃ》の床《ゆか》に落ちて広がる黒々とした髪の束に、佐《すけ》はこの男にも似《に》ずうろたえていた。

「どうせ尼《あま》になれば下ろすはずの髪です。佐殿《すけどの》、これでもならぬと申すのなら、私《わたし》はこのまま役所にかけこんでそなたの正体を役人に知らせますよ。それでもよろしいか？」

と、さすがにうっすらと涙《なみだ》をふくんだ大きな目で佐をにらみつける。それでも、

「ならぬと言ったらならぬ！　そんなびっくりお目目でにらんだって無駄《むだ》だからな！」

佐のその言葉に、姫《ひめ》が妙《みょう》に反応《はんのう》した。

「なんですって？　〝びっくりお目目〟？　それはどういう意味ですか？」

「当世風美女の切れ長の目にはほど遠い、まん丸目だって言ってるんだ。これじゃ引く手あまたって娘《むすめ》じゃないなと思ったんでな……。」

姫から目をそらし、佐がぼそぼそとつぶやく。そう言われると姫はこの時代の美形、引き目鉤鼻《かぎばな》でないことを少しは気にしていたのである。

「な……なにを言うのですか。そなたこそ光源氏《ひかるげんじ》に全然近くありません。そのゲジゲジ

＊殿上眉《てんじょうまゆ》――殿上人の化粧《けしょう》。眉《まゆ》をそり落としてその上に丸い点を描《えが》く

眉《まゆ》では優雅《ゆうが》な*殿上眉《てんじょうまゆ》も無理ですよ。お気の毒さま！」

「なんだと？　光源氏⁉　……俺《おれ》はあんな女たらしじゃないぞ！」

「……ですね。女性《じょせい》にモテそうでもありませんしね。」

「うるさい！　ほっといてくれ！　……よくも自分を棚《たな》にあげて……生意気な！」

「あーら、そっくりおんなじ言葉をお返ししますわ。だいたいそなたが……。」

ひどく真剣《しんけん》な場なのに、このふたりの会話はどんどん妙《みょう》な方向にずれていってしまう。

大善坊が見かねて、

「……これは……〝びっくりお目目〟さまの勝ちだわ。髪《かみ》を切られたご決心といい、お頭を言い負かすお気の強さといい。お頭、認《みと》めてやるしかなさそうじゃ。」

佐《すけ》は太いため息をついた。

「分かった！　好きにするが良い。ただこれからは一党《いっとう》の足手まといにならぬようにするのだぞ。命がけの仕事なのだからな。」

姫《ひめ》は牛車《ぎっしゃ》の中できちんと居《い》ずまいを正すと頭を下げた。それからやや上目づかいになると、こう言ったものだ。

「ありがとう佐殿《すけどの》！　いや……なんとよぶのでしたっけ？　……お頭？」

佐《すけ》はますます苦虫をかみつぶしたような顔で姫《ひめ》をにらんだ。

八　夜盗修行《やとうしゅぎょう》

佐《すけ》の屋敷《やしき》にもどると姫《ひめ》の髪《かみ》は侍女《じじょ》の手で束ねられ、伴人《ともびと》の童《わらわ》の形に整えられて、赤い玉《たま》房《ぶさ》のついた水色の*水干《すいかん》を着せられた。これからは男の姿《すがた》で佐の家来として行動を共にすることになったのだ。ぼんやりと滲《にじ》んだ銅《どう》の鏡の中に、やつれて頬《ほお》がこけ、佐が言ったとおり目ばかりが目立つ、かつての自分とは別人のような顔が映《うつ》っている。

「おゆるしくださいませ父上。父上が慈《いつく》しみ育ててくださった晶子《あきらこ》はもうおりませぬ。でも、私《わたし》は必ず『黒鵜《こくう》』を見つけだします。そして父上のご無念を晴らしてさしあげます。」

姫の目から最後の涙《なみだ》がこぼれ去った。

次の日、朝げをすませ、佐によばれると、姫は童水干の姿で佐の部屋の前の簀子縁《すのこえん》にか

しこまった。もはや佐《すけ》が彼女《かのじょ》の主《あるじ》だったからである。佐はそれを満足そうに見やり、

「なにをするにせよ、その体ではものの役には立たぬ。これからはよく食べ、よく眠《ねむ》って、当分は足腰《あしこし》を強くするために徒歩《かち》で俺《おれ》の伴《とも》をせよ。」

貴族《きぞく》の女性《じょせい》は、外歩きはおろか家の中でもあまり立ち歩かぬのが「奥《おく》ゆかしい」とされている。もっと上流の姫《ひめ》ともなると、歩くどころか立ち上がるのもたしなみに欠けるとされ、移動《いどう》も膝行《しっこう》といって膝《ひざ》でいざるようにしなければならない。上流になればなるほど女性の体力はなくなるのである。

「それから、この先お前のことをなんとよぼうか?」

「父は私《わたし》を晶子《あきらこ》とよんでおりました。水晶《すいしょう》の晶と書きます。」

この時代の女性は、本名で呼ばれることはない。文献《ぶんけん》にも藤原某女《ふじわらぼうじょ》などと記されているだけで、よほど身分が高く公的な立場でなければ彰子《しょうし》、定子《ていし》、などと記されることはないのである。ふつうは大君《おおいぎみ》、三の君、六の君など生まれた順がよび名となる。しかしよび名以外に名が無いわけではない。ただ父母だけが本名でよび、ほかに漏《も》れることが少ないだけである。それだけに大切なものだったとも言える。

＊水干《すいかん》——狩衣《かりぎぬ》の一種。少年の服

「晶子姫、水晶の晶……きらきら光るという意味だな。美しい名だ。盗賊《とうぞく》には使いたくないな。そもそも父君がおなげきになるだろう。では、今日からはお前を夜露《よつゆ》とよぼう。」

夜露は夜気のもたらす夜の水晶、朝には消えてしまう夜の宝玉《ほうぎょく》……これからは自分は陽《ひ》の光の中でなく夜を生きる者になるのだ、姫《ひめ》はそう思った。

こうして姫・夜露は男のなりをし、検非違使《けびいし》の佐《すけ》の従者《じゅうしゃ》の童《わらわ》として彼《かれ》の牛車《ぎっしゃ》のあとに従《したが》ったり、馬の轡《くつわ》をとって町中を歩くようになった。初めのころはすぐに息がきれ、見かねた佐が、

「無理をするな。車に上がれ。」

と、声をかけたが夜露は、

「い、いえ平気です。このくらい……。」

と、きかなかった。女だからとかばわれるのが嫌《いや》だったし、早く夜盗《やとう》として動きまわれる体力をつけたかったからである。佐のほうも、

「へー。案外強情《ごうじょう》なんだ。よしよし、稀代《きたい》の悪党《あくとう》になる者はそうでなくてはならぬ。それなら……。」

と、いっそう牛車《ぎっしゃ》を走らせたりするので夜露は毎日もうくたくたになった。食欲《しょくよく》も増《ま》し、佐《すけ》の侍女《じじょ》があきれるほどたっぷりと食事をとり、夜はぐっすりと眠《ねむ》った。早く元の自分を捨《す》てねばならぬとも思っていた。侍女の報告《ほうこく》に佐は、

「まあ、良かろう。すぐに音をあげると思うたが、なかなか……。」

白い歯を見せて笑った。

平安京は、南の羅城門《らじょうもん》から真っすぐに朱雀大路《すざくおおじ》という大通りが町を貫《つらぬ》いている。そのつきあたりが大内裏《だいだいり》の朱雀門である。大内裏の内には各省庁《しょうちょう》の建物、蔵《くら》、衛府《えふ》が立ちならび、その奥《おく》、建礼門《けんれいもん》から向こうが帝《みかど》のおわす内裏である。

大内裏の周辺には大小の貴族《きぞく》が屋敷《やしき》をかまえており、朱雀大路を中心に碁盤《ごばん》の目状《めじょう》に広がっている京の都であるが、南に行くにしたがって露店《ろてん》や庶民《しょみん》の家が多くなる。

夜露は市中を見まわると言う佐の馬の轡《くつわ》を取りながら、人々が行《ゆ》き交《か》うほこりっぽい大路から少しそれて小路《こうじ》に入る。せまい小路には板屋根の庶民の小屋がよせ集まって立ちならんでいる。家々の小窓《こまど》からは炊《かし》きのけむりが立ち、戸を開けはなって作業している職《しょく》

人《にん》の家、棚《たな》にのせた小物を商《あきな》う店。よび声をかけながら干《ほ》し魚《うお》や野菜をならべて売っている者、笑い声をあげながら小川で洗《あら》い物《もの》をしている女たち。大声をたてて走りまわり遊んでいる子どもたち。生き生きとした庶民《しょみん》の姿《すがた》は、まだ夜露にはものめずらしい見ものである。

「この辺りが俺《おれ》たち検非違使《けびいし》の縄張《なわば》りだな。ケンカ、もの盗《と》り、火つけ、刃傷沙汰《にんじょうざた》……世の中への不満の始末屋ってところだ。」

佐《すけ》はそう言いながらのんびりと馬に揺《ゆ》られている。夜露のほうは、ま近で見る生き生きとした庶民のくらしに見とれていた。

そのときである。声高《こわだか》に人々を追い立てる先触《さきぶ》れの声がして、せまい小路《こうじ》にむりやり牛車《ぎっしゃ》が入ってきた。

「右中将《うちゅうじょう》さまのお通りである！　みな道をあけよ。道をあけよーっ！」

夜露はあわてて佐の馬を、家と家の間のすきまにおしこんだ。道幅《みちはば》いっぱいの牛車ににげまどう人々。商品をのせた板台《ばんだい》を壊《こわ》されて怒《おこ》る物売りを、伴人《ともびと》が鞭《むち》でたたき伏《ふ》せていく。馬に乗った護衛《ごえい》が行く先から人々をけ散らし、牛車は通っていく。転んで泣きだしたた

幼児《ようじ》をかかえ起こしてやりながら、

「なんと傍若無人《ぼうじゃくぶじん》な。いくら身分が高いとしても、して良いことと悪いことの区別もつかぬとは！」

夜露が憤慨《ふんがい》すると、

「傍若無人はあたり前。なんといっても右中将《うちゅうじょう》といえば今をときめく左大臣《さだいじん》のお身内だ。まったく、ああいうやつの屋敷《やしき》を襲《おそ》ってやりたくなるな。」

「そんなことより佐《すけ》、いや、旦那《だんな》さまは検非違使《けびいし》なのだから、ああいうことをとりしまれば良いのではありませんか。」

佐はじろりと夜露をにらむと、肩《かた》をすくめてみせた。

「とんでもない。そんなことができるもんか。検非違使なんてもんはな、侍《さむらい》や庶民専門《しょみんせんもん》で、五位の俺《おれ》なんぞ、ああいう殿上人《てんじょうびと》の前では、はは～っと這《は》いつくばっていなければならんのだ。」

そう言われてみれば検非違使庁《けびいしちょう》自体、大内裏《だいだいり》の中にはない。情《なさ》けないことに御所《ごしょ》の御門を守るというお役目の左《さ》・右衛門府《うえもんふ》の一隅《いちぐう》にあるのである。

佐《すけ》に伴《ともな》って検非違使庁《けびいしちょう》に通ってみて初めてわかったのは、そのお粗末《そまつ》さと佐のダメ検非違使ぶりだった。盗賊《とうぞく》として会ったときが夢《ゆめ》だったかと思うくらい、たらりと開いた八の字眉《まゆ》に糸目の顔で、「左様か、左様か。」と、民の訴《うった》えを聞きながし、たまに罪人《ざいにん》が連れてこられると罪状《ざいじょう》の書類にざっと目を通して、いかにも適当《てきとう》に、「二十叩《たた》きにせよ。」とか「入牢《にゅうろう》三日。」とか裁《さば》きらしきことをするだけなのだ。

しかし、これとて部下の尉《じょう》の役目なので、本来は検非違使庁での佐の仕事はない。日がな一日、執務室《しつむしつ》と称《しょう》する部屋でなにをするでもなく本を読んだり昼寝《ひるね》をしている。庁全体は尉という公家《くげ》とも言えぬ下位の武官《ぶかん》や侍《さむらい》がきりもりしているのだが、それとてもやる気の片鱗《へんりん》すらない連中である。なので、なにかが起きないかぎり百人ほどの検非違使がダラダラと日をすごし、日暮《ひぐ》れともなると三十人くらいの夜番をのこしいっせいに帰ってしまう。都の治安とやらがうまく機能《きのう》していないのは、夜露の目からもわかるくらいである。

しかも佐などは名ばかりで本来は存在《そんざい》しない上司であるから、庁の者たちが露骨《ろこつ》にけむたがり迷惑《めいわく》に思っていることまでわかってしまう。部下からは完全に無視《むし》されているのに、

「これでもいるだけで、ずいぶんとちがうのだ。ほっとけば、ばくちや酒《さか》もりで一日つぶしかねん連中だからな。」

と、居座《いすわ》ってひとりで碁《ご》を打ったりしている。たまに、

「夜露よ、相手をいたせ。」

と、夜露にも打たせるのだが、これが下手の上に弱い。そのくせ負けると口惜《くちお》しがって、

「もう一番。」、「いま一番。」

と、子どもっぽくしつこいので、夜露は、

「このお人のどこが夜盗狭霧丸《やとうさぎりまる》なのか……？」

と、ついつい疑《うたが》いの目をむけてしまう。さすがにそれを感じたか、

「夜露よ、太刀《たち》の稽古《けいこ》をつけてやろう。」

と、執務室《しつむしつ》の中庭で小太刀の使い方を教えてくれた。かまえからはじまり、木刀の素振《すぶ》り、時には立ちあいもした。さすがに男の力には歯が立たず、何度も木刀でつき転がされて、夜露は痣《あざ》だらけになりながらも稽古にはげんだ。

もともと夜露はなみの姫君《ひめぎみ》よりは活動的なことが好きで、幼《おさな》いころ父上が地方に赴任《ふにん》し

て留守《るす》の間は、男《お》の童《わらわ》や小舎人《こどねり》といっしょに庭をかけまわり木登りをして遊び育ったせいか、おぼえも早かった。「敵《てき》を倒《たお》すよりも自分で身を守れば合格《ごうかく》。」という程度《ていど》には、半年ばかりでなんとか身につけることができた。

走ったり飛んだりする訓練も続けた。毎日体のあちこちが痛《いた》く起きあがるのも辛《つら》かったが十五歳《さい》の若《わか》い身は徐々《じょじょ》になじみ、体を使いきって眠《ねむ》る心地《ここち》よさを夜露は初めて知った。

さらに、佐《すけ》は「盗賊《とうぞく》にとってなにより大切なことは身をかくし、無事ににげおおせることじゃ。」と、〝隠行《おんぎょう》の術《じゅつ》〟というものを伝授《でんじゅ》してくれた。これは言わば精神統一《せいしんとういつ》をすることで自分の気配を断《た》ち、森羅万象《しんらばんしょう》に溶《と》けこむことによって敵《てき》の目をくらまし、にげる、というすごい技《わざ》らしい。いささか佐をバカにしかけていた夜露はうさんくさそうに、

「本当にそんなこと、できるのですか？」

「ふん。見ておれ。」

言うや、佐は目の前で片手《かたて》に刀印《とういん》を結び、いきなり気合をこめて〝臨《りん》・兵《ぴょう》・闘《とう》・者《しゃ》・皆《かい》・陣《じん》・列《れつ》・在《ざい》・前《ぜん》！〟と九字を切ると、なにやら呪文《じゅもん》を唱えはじめた。すると不思議な

ことにみるみる佐《すけ》の姿《すがた》が透《す》きとおっていく。ついに三十秒もたたぬうちに完全にその姿は消えてしまった。

夜露はおどろいて手を伸《の》ばし、佐の居《い》たあたりを探《さぐ》ってみたが、触《ふ》れるものはなにもない。ふたりは検非違使庁《けびいしちょう》のせまい中庭にいたのだが、今は夜露ひとりが初夏のまぶしい日差しの中に立っているばかりである。狐《きつね》につままれたような心地《ここち》がして、

「佐殿《すけどの》！　佐殿どこへ行ったのですか？」

夜露は不安になって大声で叫《さけ》んだ。とたんに耳元で佐のどなり声がした。

「阿呆《あほう》！　旦那《だんな》さまとか殿《との》とかよぶのだ！　この〝びっくりお目目〟が！」

ぎょっとして横を見ると本人がニタニタと笑いながら立っている。

「……その術《じゅつ》は……まことなのですか？」

「まことも真実《まこと》。そのでっかいお目目で見たではないか。この〝隠行《おんぎょう》〟は遠い奈良《なら》の時代、役小角《えんのおづぬ》という行者が会得《えとく》したという仙術《せんじゅつ》なのだ。小角はさまざまに不思議な術を使い、空中を飛行することもできたそうだ。」

「佐……いや殿はどうやってその術を会得なさったのですか？」

「まぁ昔、あちこちほっつき歩いていたころにいろんなことを見聞きしてきたんでな。こいつはどっかの山伏《やまぶし》に教わったのだ。」

本気ともうそともつかない説明ではあったが、

「だいたい俺《おれ》がどうして狭霧丸《さぎりまる》とよばれているかというとだな、俺がどんなに捕《と》り方《かた》にかこまれていようとも霧《きり》のごとくに消え失せてしまえるからだ。また、どんな所へでも霧のごとく出入りできるからだ。」

そう言われては夜露も習わざるを得ない。要は精神統一《せいしんとういつ》なのだというので、座禅《ざぜん》を組み一心不乱《いっしんふらん》に「……神変《しんぺん》そわか」で終わる短い呪文《じゅもん》を唱えつづける。

夜露はそれ以来、家にいても検非違使《けびいし》の控《ひか》えの間《ま》にあっても、座禅に取りくんだ。簡単《かんたん》なことではなかった。座《すわ》って目を閉《と》じると、かえっていろいろな物音が気になった。おさえようとすればするほど、しょっちゅういろんな考えがわいてきて、無念無想にはほど遠かった。かと思うと（体の鍛練《たんれん》でくたびれているせいで）そのまま眠《ねむ》ってしまったりが、続いた。

ようやく集中しかけても佐《すけ》がやってきて「ばぁ！」とかおどろかせ、おいしそうな食べ物をちらつかせて邪魔《じゃま》をする。

「なんだってそんな邪魔するんですかっ⁉」

と、夜露が抗議《こうぎ》すると、

「この程度《ていど》で破《やぶ》れるようなら、まだまだ修行《しゅぎょう》が足りんなぁ。」

などと、へらへらとうそぶいて油断《ゆだん》を見すまし、「りゃあっ。」と、背後《はいご》から刀で襲《おそ》ってくるので、おちおち座禅《ざぜん》すら組めない。夜露も「もしかして佐《すけ》にからかわれて遊ばれているのでは?」と、むかつくのだが、なおも集中を続けているうちに徐々《じょじょ》に不思議な静寂感《せいじゃくかん》に包まれることが多くなった。

それは自分の存在《そんざい》というものが溶《と》けていくような、消えていくような。思念も感情《かんじょう》もなく、そこにある木の葉や石になっているような、不思議としかいえない感覚であった。

ある夜。あかりを手にした佐が夜露のいる簀子縁《すのこえん》にやってきたとき、そこに座《ざ》しているはずの水干童《すいかんわらわ》の姿《すがた》はなかった。さてはにげだしたかと不審《ふしん》に思い、あかりをかざして佐があちこちのぞいていると、いきなり肩口《かたぐち》を扇《おうぎ》でぴしり、と打たれた。ふりむくと水色の水干をまとった少女が涼《すず》しい顔で立っていた。

「今の一撃《いちげき》でお頭のお命はありませんでした。」

冴《さ》えざえとした笑顔に佐《すけ》も思わず破顔《はがん》して、

「良いぞ！　でかした！　〝びっくりお目目〟！」

九　夜露姫《よつゆひめ》

やがて夜露が襲撃《しゅうげき》に加わる日がきた。

黒の直垂《ひたたれ》と袴《はかま》の股立《ももだ》ちを取り、覆面《ふくめん》で顔をかくして胴丸《どうまる》に小太刀《こだち》を身に帯びると、緊張《きんちょう》で体に震《ふる》えが走る。

「良いか、決して俺《おれ》から離《はな》れてはならぬ。反撃《はんげき》されることはあまりないが、万が一の時は〝隠行《おんぎょう》〟をつかってにげるのだ。」

狭霧丸《さぎりまる》が耳打ちする。もちろん昼間のうつけた顔は消えている。集散場所になっている河原院《かわらのいん》の近くのあき家で、一党《いっとう》の者たちには「夜露という者だ。」と、簡単《かんたん》に紹介《しょうかい》された。一同も覆面黒装束《くろしょうぞく》のまま無言で応じた。その日の襲撃班《しゅうげきはん》は十五名ほどだった。人数は目的に応じて違《ちが》うが総勢《そうぜい》では四十名ほどだそうだ。

狭霧丸の襲撃《しゅうげき》はだいたいが次のようなものである。

狙《ねら》った屋敷《やしき》の前に立つと頭がひと声、

「狭霧丸参上！」

とよばわる。

屋敷の者はそれだけで怖《お》じ気《け》をふるってにげだすので、小鷹《こたか》とよばれる小柄《こがら》で身の軽い男が塀《へい》に飛びあがり、内側から門を開ける。狭霧丸がさっと手を上げると襲撃組が無言で中におしいり、にげそこねた郎党《ろうどう》や家の者をしばりあげ、金品を奪《うば》って出てくる。

夜露の役目は主に門の外での見張《みは》りだったが、半刻《はんとき》とたたぬうちに大小さまざまな盗品《とうひん》を手にした一味が引きあげてくるのにおどろいたものだ。

あとは悠々《ゆうゆう》とあき家にもどり、金品を仲間で分け、残りは大善坊《だいぜんぼう》（とおぼしき巨漢《きょかん》）がうやうやしく手をあわせて持ってかえる。後で金や米にかえて施《ほどこ》しにまわすためだ。検非違使《けびいし》が報告《ほうこく》を受け、被害者宅《ひがいしゃたく》にむかうのとほぼ同時刻《どうじこく》である。

おおかたの狭霧丸の仕事はそのようなものだった。

しかし、いかに待っているだけといっても、盗賊《とうぞく》がおぞましい犯罪《はんざい》であることにちがいはなかった。とにかく初めのころ、夜露は内心一党《いっとう》の者たちそのものが恐《おそ》ろしかった。みなうす汚《ぎたな》く目つきも悪い。髪《かみ》もひげもぼうぼうで顔に大きな傷《きず》がある者、片目《かため》が白くにごっていて気味悪い笑い声をたてる男等々……。

全体に言葉も下卑《げび》て荒々《あらあら》しく、姫《ひめ》として生きてきた人生では想像《そうぞう》すらしたこともない荒くれ者どもである。狭霧丸は別としても、みながならず者で中には人殺しもいるのかと思うと、いっしょにいるのも気味が悪かった。

しかし、このまま見張《みは》りだけではいかにも一党のお荷物である。ある日、佐《すけ》の碁《ご》の相手をしながら思いきって夜露はこう切りだした。

「お頭、私《わたし》を襲撃組《しゅうげきぐみ》に入れてください。」

パチリと盤上《ばんじょう》に白石を置く。すでに佐《すけ》の黒石は無惨《むざん》なほどの劣勢《れっせい》である。佐は頭をかかえて盤上に目をすがめ、くっつけてうなっている。

「阿呆《あほう》なことを言うな。お前には盗《ぬす》み働きは無理だ。やる気のある郎党《ろうどう》にでも出くわしたらやられてしまうのがオチだ。」

「大丈夫《だいじょうぶ》です。私《わたし》、ずいぶん小太刀《こだち》が使えるようになったし、にげ足《あし》にも自信があります。」

「だめだと言ったらだめだ！」

「おゆるしくださるなら一手、いえ五手、お待ちしますが……？」

夜露は澄《す》まして白石をもてあそんでいる。佐《すけ》は夜露を仇《かたき》でも見るようににらみつけながら、

「……ううう……！　畜生《ちくしょう》！　なんて性格《せいかく》の悪いガキなんだ！　お前はっ！」

結局、〝決して俺《おれ》のそばから離《はな》れないこと〟を条件《じょうけん》に、夜露は襲撃組《しゅうげきぐみ》に入ることをゆるされた。

だが、いざ襲撃組となるとやはり危《あぶ》ないこともある。近ごろでは屋敷《やしき》のほうでも警戒《けいかい》するようになったので、時に用心棒《ようじんぼう》として雇《やと》われた侍《さむらい》や郎党《ろうどう》とわたり合うことも増《ふ》えた。そんなとき、狭霧丸は必ず夜露をかたわらから離さず守った。

狭霧丸は射《い》かけられた矢を切りはらい、つきだされた*鉾《ほこ》をやすやすとつかみ、ぐい、

と引く。そのままたたらをふんで手元に飛びこんでくる相手の腹《はら》に蹴《け》りをいれ、「うっ。」とかがんだ背中《せなか》にかけ上がる。そいつを蹴《け》り倒《たお》しざま空中にふわりとうかぶや身をひねり、反転して取りかこむ侍《さむらい》どもを奪《うば》った鉾《ほこ》でなぎ払《はら》う。時には地に伏《ふ》せて、まわし蹴りをはなち四、五人の足を払いいっぺんに転がして倒す。昼間のあのとぼけた佐《すけ》はどこへ行ったやら、夜露はその変貌《へんぼう》ぶりと縦横無尽《じゅうおうむじん》の強さに感嘆《かんたん》した。しかも狭霧丸の攻撃《こうげき》は敵《てき》に致命傷《ちめいしょう》をあたえることはなく、攻撃力を奪うにとどめていた。

「お頭、すごい！　お頭はどうやってそんなに強くなったのですか？」

「ふん。お前にゃ十年かかっても無理だね！」

狭霧丸は相手にせずに夜露を物かげにおしやると、

「感心してるひまに〝隠行《おんぎょう》〟を使え。」

と命じた。言われるままに心を静め、「……神変《しんぺん》そわか」で終わる短い呪文《じゅもん》を唱えていると、不思議に敵《てき》に見とがめられることなく屋敷《やしき》から脱出《だっしゅつ》できるのだった。

しかしあるとき、例によって〝隠行〟を使って出ようとしている夜露の目の前で、一党《いっとう》のひとりが侍に追いつめられているところに出くわした。

＊鉾《ほこ》——平安時代に使われた長柄《ながえ》の武器。槍《やり》の前身

「危《あぶ》ない！」

夜露は思わず〝隠行《おんぎょう》〟を解《と》いてとっさにそばに転がっていた手桶《ておけ》をつかみ、うしろにまわってそいつを侍《さむらい》の頭にかぶせてやった。いきなり視界《しかい》を閉《と》ざされてもがもがとたたらをふんでいる敵を見て、狭霧丸が遠くから、

「いいぞ、夜露！　もう一丁！」

と、声をかけた。夜露はもう夢中《むちゅう》で、

「はっ、はいっ。」

またもやそばに立てかけられていた*大槌《おおづち》をとると、思いきって動きまわる手桶を力いっぱいに叩《たた》いた。手桶はバラバラに飛び散り、その衝撃《しょうげき》で侍は目をまわして倒《たお》れた。あっけに取られて見ていた盗賊《とうぞく》たちからいっせいにバラバラと拍手《はくしゅ》がわいた。

「いいぞー！　姉ちゃん！」

「よくやったぜ！　夜露。」

それを聞いて夜露もなにやら、

「えへへ……。」と、妙《みょう》にうれしくなってしまった。

その日はみななんとなく思い出し笑いをしながら引きあげて、いつものように盗品《とうひん》を分けあっていた。そのうちに、

「お？　おぬしのかっぱらって来たもの、これはなんじゃ？」

「いや……厨《くりや》の棚《たな》に大事そうな包みがあったものだから、ついでに持ってきちまったのだ。」

包みを開いてみるとそれはなんと何羽ものウサギの丸焼きであった。

「こんなもの、どうしようというのじゃ。お坊《ぼう》さまお持ちになるかね？」

仲間が今夜も見張《みは》りにてっしていた大善坊《だいぜんぼう》にたずねた。

「……いや、拙僧《せっそう》はそういうなまぐさものは、ちと……。しかもなんだか目がこちらをむいているようで気味が悪うて、持ちかえる気にもなれん。」

と、大善坊。じゃあどうする、どうする、と盗賊《とうぞく》どもが騒《さわ》いでいるので夜露もうしろからのぞいて見た。丸焼きにされたウサギは耳こそないがほぼ生前のままで、夜露も大善坊とまったく同じ感想をもった。

「しかし捨《す》てるのももってえねえ。ウサギ肉はめっぽう美味《うま》いもんだぜ。こうなったらみ

＊大槌《おおづち》——木製《もくせい》のハンマー

んなで喰《く》うとしようぜ。」

「酒がめをかっぱらってきた。」

という者もあり、ごていねいに大善坊にウサギの供養《くよう》にと経《きょう》をあげさせたうえ、その日はめずらしくみなで酒盛《さかも》りをすることになった。無論《むろん》夜露はウサギ肉にも酒にも関わりたくなかったので、酌《く》み交《か》わす一党《いっとう》から離《はな》れて隅《すみ》に座《すわ》っていた。

その夜露の前にひとりの男が近づいて、ウサギの半身をさし出した。

「お前も喰《く》うか？　藻塩《もしお》をまぶしつけて焼いているので結構《けっこう》うまいぜ。」

夜露としては悲鳴をあげてそのまま数間ばかり飛びのきたい気分だった。頭こそなかったがあのかわいい生き物を食べるなんて……

「……ありがとよ。さっきはお前のおかげで助かった。」

そう言われればその男だったのか、覆面《ふくめん》をはずした男の顔にはすごい傷《きず》があって見るも恐《おそ》ろしかったが、心からそう言っているのがわかった。そして今や一党の者全員の目が興《きょう》味深《みぶか》そうに夜露がウサギを受けとるか、そして食べるのかを見守っているのもわかった。全員の注目を浴びて夜露は覚悟《かくご》を決めた。

「夢中《むちゅう》だったので自分でもよく覚えていないのですよ。でも、助かって良かった。……いただきます。」

　グッとこらえてウサギを手にすると、思いきってパリリとウサギ肉に歯を立ててかみとった。一気に飲み下そうと二、三度かみしめると、

「……ん？　……美味《おい》しい……!?」

　それは香《こう》ばしく、あっさりとしているが魚よりも濃《こ》く、鶏肉《とりにく》に似《に》ているが姫《ひめ》時代に時々口にした鴨《かも》や山鳥などより、ずっと臭《くさ》みがなくはるかに上質《じょうしつ》な味だった。

「これは初めて食べました。とても美味しいものですねえ！　こちらこそ、ありがとう。ごちそうさま！」

　夜露のいつわらざる反応《はんのう》に一党《いっとう》の者たちも心をゆるしたように笑って、

「いやー。俺《おれ》たち、お前がなんとなく得体のしれねぇ女だって、すこし警戒《けいかい》してたんだ。でもよ、こうして見るとなかなか話せるいいやつじゃねぇかって……なぁ、みんな？」

「おうよ！　いい仲間になれるぜ、俺たち。」

　それを聞いて夜露は心がじんわりと温まってくるのを感じた。自分がみなに警戒心をい

だいていれば、相手もやはり同じように自分を警戒《けいかい》するのだ。みな同じだ、と思った。

「……仲間……。」

全員がまだ夜露を見ている。

「……そうです。私《わたし》はあなたたちの仲間、狭霧丸の一党《いっとう》のひとりですとも！」

「じゃあ、夜露のアネゴ、こっちも一杯《ぱい》やってみるかい？　かいい、かための酒ってやつをさ。」

ひとりが笑いながら酒の椀《わん》をつき出《だ》した。すかさず夜露が受けようとすると、

「調子にのるな阿呆《あほう》。まだ酒が飲める年じゃないだろう。」

と、狭霧丸が割《わ》って入った。「あら、残念。」と夜露が笑い、全員が笑った。

狭霧丸ひとりが複雑《ふくざつ》な面持《おもも》ちでそれをながめていた。


こうして一党の一員となった夜露が意外に役に立てたのは、盗品《とうひん》の目利《めき》きができたことである。玉《ぎょく》や絹《きぬ》、錦《にしき》の良《よ》し悪《あ》し、装飾品《そうしょくひん》、調度類。見かけだおしの安物もあれば地味な古物でも高価《こうか》なものもある。夜露は自身が財産《ざいさん》を切り売りして生計を立てていたせいで、それぞれこれはいくらと見さだめが利《き》き、そのため、仲間から取り分を相談されるように

なった。夜露は内心、

「あの落ちぶれぐらしも案外役に立つのねぇ。なんでも経験《けいけん》しておくものだわ。」

自分で感心しながら、いつからか夜露が仲間の分け前を決める役割《やくわり》となった。

「ムササビよ、そなたにはこれが良かろう。」

蒔絵《まきえ》の手箱《てばこ》を仲間に渡《わた》してやり、

「不動《ふどう》(あの顔に大きな傷《きず》のある男である)、今宵《こよい》のそなたはこれだけの働きをした。」

美しい黄金《こがね》づくりの飾《かざ》り太刀《だち》を分けあたえた。

夜盗《やとう》狭霧丸の一党《いっとう》にひとりだけひときわ小柄《こがら》で華奢《きゃしゃ》な者がいる。そしてそれは女である、とうわさが立ったのはそのころからである。夜に現《あらわ》れ朝には消える狭霧と同じように、夜にだけ草の葉の上にきらきらと輝《かがや》く玉、夜露姫という者だといつしか人々は口にするようになった。

十　地下人《じげにん》

　こうして多くの屋敷《やしき》を荒《あ》らし、盗品《とうひん》の市にも目を光らせたにもかかわらず、いっこうに『黒鵜《こくう》』は見つからなかった。

　夜露《よつゆ》はこうして盗賊《とうぞく》となりはてたことを、あの世で父上がさぞかしおなげきであろうと思ったが、大善坊《だいぜんぼう》をはじめ盗賊仲間が覆面《ふくめん》をはずせば素顔はけっこう気のいい者たちで、なにかと足手まといになる夜露をかばい仲間としての気づかいをしてくれるのが、存外《ぞんがい》にうれしくも感じていた。

　仲間の小鷹《こたか》とよばれる男など、なんと昼間は検非違使《けびいし》庁《ちょう》の雑色《ぞうしき》であったので、従者《じゅうしゃ》の童《わらわ》と雑色としてしばしば親しく話すこともあった。

「検非違使の部隊にもできの良いのと悪いのがあってな、お頭が働きなさるのはそのできの悪いのが当番と決まっているのじゃ。そういうのを伝えるのが俺《おれ》の役目なのじゃ。」

小鷹は夜露が佐《すけ》からもらった唐菓子《からかし》をおいしそうにほおばりながら語った。

「お頭はたのもしい手下を持っているのですね。」

「まぁたのもしいかどうかはわかんねえが……俺はな、国は美作《みまさか》(岡山県)で農民だったのじゃ。けど長年の凶作《きょうさく》で食いつめてのう。都にいけばなんとか仕事にありつけんじゃねえか、って出てはきたが、仕事どころか疫病《えきびょう》にかかっちまってのう。危《あや》うく道ばたでのたれ死にしかけたところをお頭に拾われて大善坊《だいぜんぼう》の施《ほどこ》し寺《でら》で助けられたのじゃ。」

小鷹は夜とはうって変わった素朴《そぼく》な笑《え》みをうかべながら、

「そこでお頭たちがしていることを知って、俺は自分からお頭の手下となって働かせてほしいとたのんだのじゃ。なんでもいい、あの寺にいる飢《う》えた子どもらや病人のためならなんでもするってな。……夜露、お前も同じようなものじゃろう? ああ見えてお頭は本当におやさしいお方じゃからな。」

夜露は自分の動機がもっと私的《してき》なものだったので、恥《は》ずかしく思った。

「……小鷹さんは、えらいですね。」

本当にそう思った。小鷹は、
「そんなこたぁねえよう。」
と、顔をあからめて笑っていた。

こうして夜は盗賊《とうぞく》、昼は側仕《そばづか》えの童《わらわ》としてのくらしにも慣《な》れた、ある日のこと。

当分は仕事もなく佐《すけ》もどこかへ出かけて留守《るす》。今日は〝隠行《おんぎょう》〟の修行《しゅぎょう》でもしようか、と考えたところで、ふと「そう言えば、今の自分ならどこへでも自由にひとりで外出できるのだ。」ということに思いあたった。

そう思いつくと、やみくもに自分の元の屋敷《やしき》が今どうなっているのか見たくてたまらなくなった。そのままの水干姿《すいかんすがた》で草履《ぞうり》をつっかけて表に出る。初めてひとりで出歩くことができたことになんだか感動をおぼえて、夜露は大きく伸《の》びをして深呼吸《しんこきゅう》をした。その日は夏の暑い日で道を行く人影《ひとかげ》もない。蟬《せみ》しぐれだけがやかましいほどで、蒼天《そうてん》に百日紅《さるすべり》の咲《さ》きいでた花房《はなぶさ》の赤があざやかに映《うつ》った。

家への道すがら、屋敷《やしき》がもはや人手にわたり新しい家でも建っているのではないかと胸《むね》が痛《いた》く、「このまま見ぬほうが良いのかもしれない、もどろう。」と何度も思った。

しかし足は自然にかつての紅梅《こうばい》屋敷へとむかってしまう。

ほどなく見おぼえのある松の木が目に入った。屋敷は……姫《ひめ》が去ったあのときのまま、いや今はいっそう夏草がぼうぼうと生《お》いしげり、門は倒《たお》れ伏《ふ》し、残骸《ざんがい》と化している。築地《ついじ》塀《べい》もあちこちが土にかえり、そこから雑草《ざっそう》がはえている。中をのぞきこんで見るとこれまた伸《の》び放題の雑草の中央に、真っ黒に焼けこげたあの紅梅の木がそのままに放置されている。そのむこうに、姫が最後までくらしていた廃墟《はいきょ》と化した寝殿《しんでん》の一部が変わらずに、ジリジリするような日差しに炙《あぶ》られて残っていた。

「……やっぱりあのまま……それでも懐《なつ》かしい……。」

夜露の視界《しかい》が涙《なみだ》でぼうっとくもり、陽炎《かげろう》が立つように廃墟《はいきょ》がゆらいだ。その中にかつての紅梅屋敷が、父上の元気なお姿《すがた》が、今となっては憎《にく》らしいあの蔵人《くろうど》の少将《しょうしょう》を招《まね》いての宴《うたげ》の夕べがうかんだ。夢《ゆめ》のような、まるで絵巻物《えまきもの》を見るように美しい光景……そして父上のかなでた『黒鵜』の絶世《ぜっせい》の調べ……。それはもはや二度と帰らないまぼろしであった。

自分がくらしていた焼けのこりも、もはやだれも住んではいないだろう。最後までいてくれた乳母《うば》もとうにどこかへうつってしまったのにちがいない。もう少し近づいてみたかったが、丈《たけ》なす雑草《ざっそう》をかきわけて奥《おく》に進むのも難《むずか》しい。どこか入りやすそうな所はないかと、あちこちそこらをのぞきこんでいると、

「おのれ！　いずれの悪童めが、人の家に悪さをしょうとてか！」

いきなり奥のほうから男の大きなだみ声でどなられた。

たしかに十五歳《さい》のほっそりとした夜露は、男の姿《すがた》でいると十二歳《さい》くらいの少年にしか見えないが、それでもどなりつけられて自分の家を追われるとは……。

「ああ、やはりここはもうだれかの持ち物になってしまったのだ。それともあやしい乞食《こじき》などが入りこんでいるのか。いずれにしても、ここへもどってくるのではなかった。」

炎天下《えんてんか》だというのに急に手足が冷たくなってきて、奥の廃墟《はいきょ》からだれかが出てくる気配に、夜露はきびすを返した。走りながら夜露にはもう蟬《せみ》の声も聞こえなかった。なにも目にはいらなかった。ただもう、自分には帰るべきところもなく、もどるべき道もない、それがわかっていたはずなのに、いざそれを目の前につきつけられるとこうも悲しくただ涙《なみだ》

がわいてきて止まらないのだった。

「なにかあったのかね？　大声など出して、*騒《さわ》がましきこと。」

廃屋《はいおく》の中から細い老女の声がしたのは、そのときである。

「おゆるしを。どこかの男の童《おわらわ》がこそこそと中をうかがっておりましたんで、なにか悪さでもするつもりかと。それで追っておりました。」

と、下男が答える。

「こんな有り様でそういう者があとをたたないのがこまる。ここが元《もと》・中納言《ちゅうなごん》さまのお屋敷《やしき》だったとはだれも思うまいが、せめて亡《な》き姫《ひめ》さまのご供養《くよう》だけは心静かにしたいものじゃ。」

そう答えるのは、あのころよりもずっと老いさらばえたあの忠義者《ちゅうぎもの》の乳母《うば》であった。

……どうして自分はいつも考えなしで行動して、後悔《こうかい》するようなことばかりするのだろう。ああいうことがあるかもしれないと思っていながらなぜ、わざわざみじめな思いをす

*騒《さわ》がましき――騒がしい

るために行ったのか……。夜露は自分を責《せ》めながら放心したように、ひと気のないまばらに松の木の生えているだけの小道を歩いていた。ふと我《われ》に返ったのは、キャンキャン、という犬の悲鳴が聞こえた時である。

見ると三人のうす汚《よご》れた男たちが、一匹《ぴき》のやせこけた赤犬の首に荒縄《あらなわ》をしばりつけて引きずって行こうとしている。小さな犬は必死に足をふんばって抵抗《ていこう》しているが、その声に、

「やめて！　アカを連れて行かないで！　お願いじゃ、アカを返して！」

と、わんわんと泣く子どもの声もまじっている。よくよく目をこらすと中のひとりの腰《こし》のあたりにまだ小さな五歳《さい》ぐらいの男の子がかじりついて、犬同様、ふりまわされながら抵抗をしているのが見てとれた。なにしろ全員がみすぼらしく何色ともつかない着物を着ているので判別《はんべつ》がつかなかったのだ。

「ええい！　うるせえガキだ！　あっちへ行け！」

ついに子どもは引きはがされ、ぼろ布《ぬの》のように道ばたに転がされてしまった。犬のほうもいっそう悲しげに鳴きたてる。夜露は見ておれず、

「やめなさい！　その犬を子どもに返しなさい。その子の犬だろう。」

「なんじゃおのれは？　余計《よけい》な口出しは無用じゃ。わしらは腹《はら》がすいておるのじゃ、それゆえ、この赤犬をつぶして食おうというのじゃ。赤犬は旨《うま》いというからのう。」

「犬を……食うって⁉」

夜露はゾッとした。

「この人でなしども！　飢《う》えているからといって人のかわいがっているものを奪《うば》ってゆるされるとでも思うのか！」

よた者どもは今度は夜露に目をつけたらしく、いきなり取りかこんできた。

「どこの若《わか》さまだか知らぬが、良《え》えべべを着てなさるの。」

「そんなら身ぐるみ剝《は》いで売るが犬より早いわえ！」

男のひとりがいきなり手を伸《の》ばしてくる。夜露はひょいと身をかわし、上体をおよがせた男の腰《こし》をかたわらに落ちていた木ぎれでびしりと打ちすえた。意外な抵抗《ていこう》に「この、小《こ》僧《ぞう》っこが生意気な！」と、のこる男どもも、わっとばかりに飛びかかってきた。しかし夜露にとっては盗《ぬす》みに入った屋敷《やしき》の郎党《ろうどう》ほどの相手ではない。

くるくると身をかわしながら次々と叩《たた》きふせ、打ちすえて夜露は我《われ》ながら自分の強さにおどろいていた。「まあ、私《わたし》ってけっこう強くなっているのだわ。おお、今の動きなど佐《すけ》殿《どの》もこんなだったような……。」と、自分に感心している間に、「敵《かな》わじ。」と見たか、よた者どもはバラバラとにげ散ってしまった。

残る子どもはまだ泣きじゃくっていたが、犬は事情《じじょう》がわかったのか夜露のほうへふりふりと小さなしっぽをふって見せた。

「もう大丈夫《だいじょうぶ》じゃ。そなたも犬も。ほら、しっかりと縄《なわ》を持って、もう離《はな》すでないぞ。」

「……ありがとう。お兄ちゃん。」

子どもも粗末《そまつ》ななりではあったが、汚《よご》れてはいず、孤児《こじ》などではなさそうである。

「そなた親御《おやご》は？　家はどこじゃ？　送っていこうか？」

子どもはこっくりとうなずいた。子どもの手を引き犬を連れて、こっちか？　こっちかとたずねながら歩いていくと、

「イサ！　どこへ行っていたのじゃ⁉　心配するではないか！」

鴨川《かもがわ》の土手を利用したみすぼらしげな差しかけ小屋《ごや》のそばに立って、女が声をかけてき

た。

「ははじゃ！」

子どもが女に飛びついていった。同じく洗《あら》いざらした麻衣《あさごろも》を着た、まだ若《わか》い母親がそばに立っている夜露に気づき、あわててお辞儀《じぎ》をする。

「イサというのか。この子の母御《ははご》じゃな。心配ない。悪い男どもがアカを盗《と》ろうとしたのだが、このとおり無事じゃ。」

「ははじゃ！　このお兄ちゃん、ものすごく強いんじゃ。悪い小父《おじ》ちゃんたちをあっというまにやっつけて、追いはろうてくれたのじゃ！」

子どもは母のそばで急に雄弁《ゆうべん》になって告げた。

「まぁ、それは。どこの若さまか存《ぞん》じませぬが、ありがたいことでございます。このような貧乏人《びんぼうにん》の子をお助けくださいまして。あ、まぁ、おめしもののお袖《そで》が……。」

「ああ、さっきの立ちまわりで……。」

「ではお礼にそのほころびなりと繕《つくろ》わせてくださいまし。」

その間、日除《ひよ》けに、むさくるしい家ではありますが、と言って小屋の中に通された。

見かけどおりみすぼらしくはあったが涼《すず》しい風が通り、母親の手で清潔《せいけつ》に整えられ居心地《いごこち》は悪くなかった。「こんなものしかございませんが……。」と言ってさし出された白湯《さゆ》をすするとほっとした。

「暑い日でも、清水よりは白湯のほうが不思議と喉《のど》のかわきが癒《い》えるものでございます。」

「なるほど、本当だ。」

冷えていた胸《むね》の底までが温まり、先ほど屋敷跡《やしきあと》で感じた冷たい悲しみまでもが少し癒えるような気がした。

破《やぶ》れた水干《すいかん》を脱《ぬ》いで小袖《こそで》姿《すがた》が女だとばれはしないかと心配だったが、疑《うたが》いもせず母親は光のあたる入り口近くで縫《ぬ》いものをし、子どもと子犬は疲《つか》れがでたのか奥《おく》のほうで抱《だ》きあって眠《ねむ》っている。

「まことにうかつなことでございました。今日は天気も良いので私《わたし》が髪《かみ》を洗《あら》ったりしている間に犬を連れてでたのでしょう……。この辺りは物騒《ぶっそう》だからと言いきかせていたのに……。」

なるほど母親の髪はまだしっとりと濡《ぬ》れている。「そう言えば、庶民《しょみん》は好きな時に髪や体を洗《あら》ったりできるのだ。」と、夜露は思いだした。

姫《ひめ》であったころは、入浴も洗髪《せんぱつ》もすべて占《うらな》いで決められた日にしかできなかったこと。体が匂《にお》っても頭がかゆくなっても、卦《け》が良くございません、と言われて我慢《がまん》せねばならなかった。丈《たけ》なす黒髪《くろかみ》を米のとぎ汁《じる》で洗い、何人もの女房《にょうぼう》がいくども水を運びゆすいだ。

そうして髪をかわかすのに体を横たえ髪も部屋中に放射状《ほうしゃじょう》に広げ、これまた何人もの女房が扇《おうぎ》で風を送るのだが、それでもかわくのに半日はかかった。その間じっと寝《ね》たままの退屈《たいくつ》さは言うまでもない。

考えてみれば貴族《きぞく》の生活はかなり無意味で無駄《むだ》な習慣《しゅうかん》が多かった。清潔《せいけつ》さでいえば庶民のほうがずっとましかもしれない。この親子にしても貧《まず》しいながらもちゃんと愛情《あいじょう》に満ちたくらしをしている……。

「さあ、できましたよ。」

「ありがとう。きれいな縫《ぬ》い目《め》ですね。そなたは京の者ですか？」

「いいえ、私《わたくし》どもは地方の、さるお寺の荘園《しょうえん》でくらしておりました。夫は畑仕事、私は寺の手伝いをしておりましたが、夫を病で亡《な》くしまして……。租税《そぜい》を納《おさ》めることができなくなり……人買いのような者に売られるところをにげだしたのです。」

「……それは……苦労をしたのですね。」

よく見ればまだ若《わか》い母親はなかなかきれいな顔立ちをしていて、寺にいただけあって、立ちふるまいもきちんとしている。年ごろも自分と五歳《さい》とちがわないと思われた。

「それにしても……働いていた寺の僧侶《そうりょ》は仏法《ぶっぽう》を説く身でありながらそんなことをゆるしたのか？　こんな幼《おさな》い子どもを抱《かか》えた若いそなたを売るなどと……！」

夜露は、きっとこんな話は国中にあふれているにちがいないと、施《ほどこ》し寺《でら》や路上の浮浪民《ふろうみん》を思い出して悲しく、また憤《いきどお》りを覚えていた。

「本当に……僧侶までがそんなだとは……酷《ひど》いことだ！　一体なんという寺の寺領《じりょう》ですか？」

狭霧丸に知らせてすぐにでも襲《おそ》ってやろうか、と考えた。夜露のけんまくに母親はすこしおどろいたようだったが、さびしげに笑って、

「世の中と申すのはそうしたものでございましょう。……親子ふたり、ようよう都へ流れついたもののどうしようもなく、お恥《は》ずかしいことですが一時は路上で乞食《こじき》ぐらしをして

おりました。」

「それは哀《あわ》れな。まだ幼《おさな》い子を抱《かか》えていては働くこともむずかしかったでしょう。」

「さようでございます。食べるものもなく、どんどんこの子は痩《や》せていって……。いっそ、もう川に身を投げてふたりで死のうかと思ったこともございました……。」

そこで母親はすこし言葉を切ったが、思いなおしたように続けた。

「そんな思いでこの子を抱えて川面《かわも》を見ていたところ、ひとりの男の方が近づいてきて、だまって私《わたし》の手に粒金《つぶがね》を持たせてくれたのです。おどろいていると、その人は『狭霧丸の一党《いっとう》からじゃ。』とだけ言いのこして行ってしまいました。」

夜露はこんなところで狭霧丸の名を聞いて胸《むね》がとどろいた。

「若《わか》さまは盗賊《とうぞく》などの施《ほどこ》しとは、とお思いでございましょう。たしかに盗《ぬす》みは悪いことにちがいありません。でも、あの金の粒のおかげで私どもは命をつなぎ、今では私は染物屋《そめものや》の手伝いをしてこうしてくらしております。夜盗《やとう》狭霧丸は盗賊であっても、私にとっては仏《ほとけ》さまなのでございます。」

狭霧丸の一党が貧《まず》しい者に金銀を分けあたえているとは聞いていたが、まさかその当事者に会うとは思わなかった。しかも今の話ではこの母親に会ったのはなんとなく狭霧丸本人のような気がしてならない。いつぞや、まだ会ったばかりのころ、扇《おうぎ》を忘《わす》れてこまっていたときに佐《すけ》はぶっきらぼうに自分の扇を貸《か》してくれた。そのことが思い出された。

あの佐ならいかにも……と思った。小鷹といい、この親子といい、そして自分も……。

——佐殿《すけどの》というお方は……なんという……なんと……申せば良いのか……わからないけれど——夜露はなぜか、好もしい、という言葉をそのときは思いつけなかった。


夕方になったので夜露は母子に別れを告げた。佐の館の住所を言うと母親が帰り道を教えてくれた。起きだしてきたイサが、アカといっしょに途中《とちゅう》まで送ると言ってついてきた。イサは夜露の手を握《にぎ》って「また来てね。」といった。夜露も「また来る。」と約束をした。イサはじっと夜露を見上げると、言った。

「お兄ちゃんは強いなあ。わしも大きくなったらお兄ちゃんのように強くなるんじゃ。そうしてわしも狭霧丸の一党《いっとう》になるんじゃ！」

夜露は胸《むね》を衝《つ》かれる思いがした。

「なぜ、そのようなことを言うのだ?」

「狭霧丸の一党になって、昼間の悪い小父《おじ》ちゃんたちみたいな人を懲《こ》らしめてやるんじゃ!」

「……そのようなこと、考えてはならぬ!」

夜露は自分でもおどろくほど大きな声でイサを叱《しか》った。イサも驚いて泣きそうになっている。夜露はイサに謝《あやま》り、なだめながら、

「……そのような理由でそなたのような子が夜盗《やとう》などになってはならぬ。そなたが盗《ぬす》っ人《と》になどなったら、どんなに母御《ははご》が嘆《なげ》くであろう。」

「……けど、狭霧丸は良い盗賊《とうぞく》じゃと、ははじゃが言うておったもの。」

「……良い盗賊などいない。そなたは大人になったら、まっとうに働いて母御を助けるのじゃ。それが良い大人じゃ。」

……夜露は苦い思いでさらにイサにそう言った。……そうだ。そんな理由で夜盗になるのは私《わたし》ひとりでじゅうぶんなのだ。

十一　月光

それから幾度《いくど》か月が満ちそして欠けた。夜露《よつゆ》はすでに仲間が感心するほど夜盗《やとう》としての自分に慣《な》れていった。また、こうして盗賊稼業《とうぞくかぎょう》に身を投じていると金持ちというものはとんでもなく金品を持っていることがわかった。

ある商人の家には密輸品《みつゆひん》とおぼしき唐《から》の陶器《とうき》や宝石《ほうせき》が山と積まれていたし、ある受領《ずりょう》の蔵《くら》には天井《てんじょう》まで米が積まれていた。

「きっと領地《りょうち》の民《たみ》の税《ぜい》を横取りして蓄《たくわ》えたのでしょう。」

夜露はそくざに荷車を引いてこさせると、米蔵《こめぐら》をほとんどカラにした。大善坊《だいぜんぼう》は大喜びでそのまま荷車に山積みの米を引いて帰った。

「世の中の富《とみ》というものの仕組みがわかったような気がします。」

と、夜露が言うと、狭霧丸《さぎりまる》は黙《だま》って肩《かた》をすくめてみせた。

一方、失われた笛『黒鵜《こくう》』のことはいつでも気にかかっており、そのころから夜露は自分から積極的に襲撃組《しゅうげきぐみ》に加わるようになった。時には狭霧丸より先に宝倉《ほくら》の中をあらためたりした。引きあげのときも最後までのこり、侍《さむらい》とわたりあうこともめずらしくなかった。放たれた矢を切りはらい、刀を小太刀《こだち》で受けとめ敵《てき》に手傷《てきず》をあたえるのも、なんとも思わなくなっていた。「狭霧丸に夜露姫あり。」との名は京市中で知らぬ者とてなかった。

しかしながら、世間でもそれにつれて夜盗《やとう》に警戒《けいかい》を強める家も多くなった。侍《さむらい》を雇《やと》いいれ備《そな》えるようになったのである。

その夜の仕事はことに手こずった。屋敷《やしき》の者どもの意外な抵抗《ていこう》に、夜盗たちは早々に引きあげにかかった。

「おのれ！　盗《ぬす》っ人《と》めが！」

……がくん！　といきなり速度を失い、夜露はもろに地面に叩《たた》きつけられた。

「しまった！　油断《ゆだん》した！」

夜露はいつものように、一番しまいに館を出て逃走《とうそう》にうつった。慣《な》れきった闇《やみ》の中を走りぬけ、垣根《かきね》を軽々と飛びこえ、さらに塀《へい》に飛びうつろうとしたその時だった。かくれていた追っ手のひとりにいきなり足をつかまれて引きたおされたのだった。小太刀《こだち》を弾《はじ》きとばされ、立ち上がれぬまま身をねじってふり仰《あお》ぐと、大きな侍《さむらい》が太刀をふりかぶって立ちはだかっている。月光を受けてその刃《やいば》がギラリと光る。

「だめだ！　切られる！」

と、目をつぶった瞬間《しゅんかん》、「わっ。」と頭上から悲鳴が聞こえた。見ると侍が頭をおさえてうずくまっている。……だれかがつぶてで打った？　と気づくより早く、夜露は襟《えり》がみをつかまれて起こされると、ぐん、という衝撃《しょうげき》とともに宙《ちゅう》に持ちあげられた。

狭霧丸が夜露を抱《かか》えて塀《へい》に飛びあがったのである。

「無茶をするなと言っただろう。なぜ〝隠行《おんぎょう》〟を使わぬ。図に乗ると死ぬはめになるぞ！」

下では侍や郎党《ろうどう》どもが薙刀《なぎなた》、刀を手に迫《せま》ってくる。ふたりはそのまま塀の上を走る。

「飛ぶぞ！」

ふたたび夜露を抱《かか》え、狭霧丸はふところから黒い革《かわ》ひもを取り出すと、むかいの高い木めがけて投げた。シュルッと軽く音をたててひもの先が木立に吸《す》いこまれ、次いでぐうん！　と体が持ちあげられ、宙《ちゅう》を飛ぶ。家々の屋根が、夜空の満月がぐるりと回転する。星々を足元にふみ空を歩いている。そんな感覚に思いもよらぬ興奮《こうふん》と歓喜《かんき》がわいてきて、夜露は思わず、わあっと歓声《かんせい》をあげていた。

「あの時もこうでしたね、お頭！　初めて会った時、まるで空に昇《のぼ》っていくようで、天と地が逆《さか》さまになって……あんなワクワクする思いは生まれて初めてでした！」

「だまっていろ！　俺《おれ》は〝隠行《おんぎょう》〟の他にも色々術《じゅつ》を使っているんで忙《いそが》しいんだ！」

数刻後《すうこくご》、大きな寺の屋根の上にふたりの姿《すがた》があった。高い所にある寺らしく、京の都がほとんど見わたせる。家々も寺も御所《ごしょ》の屋根までもが青白い満月の光を浴びて、雪が降《ふ》り敷《し》いたかのように銀色にうかびあがっている。しん、として音もなく遥《はる》かに叡山《えいざん》の尾根《おね》がくっきりと影《かげ》になり、その幽玄《ゆうげん》な光景に夜露はうたれていた。

「……なんと美しいながめでしょう。まるでこの世ではないような……。人はひとりもいないような。この屋根の上から空まで……悲しみも貧《まず》しさも……醜《みにく》いことはなにもない。清らかで、静かで……。」

青い月の上を薄《うす》いうろこ雲がゆっくりと流れていく。雲の波の上を月がわたっていくようにも見える。

「こんな美しい不思議な夜空を見たのは初めてです。佐殿《すけどの》、あれは……。」

佐はむっつりとおしだまって、むこうをむいたきりだ。

「……怒《おこ》って、……おられるのですか?」

おずおずと夜露はたずねた。

「当たりまえだ! 近ごろのお前はどうかしているぞ。今日などまるで盗賊《とうぞく》であることを楽しんでいるように見えた。俺《おれ》はお前をそのようにするために仲間にしたのではない!」

夜露は胸《むね》を衝《つ》かれた。

「……たしかに、そうでした。……私《わたし》はあせっていたのです。一刻《いっこく》も早く『黒鵜』を見つけだし、取りもどしたいのに、見つかりません。もしや仲間が見落としているかもしれないと思うと、自分でたしかめてみなければと……。申しわけありません。」

夜露はうつむくと目をぎゅっとつむった。そうしないと涙《なみだ》がにじみ出てしまいそうで嫌《いや》だった。笛を取りもどしたい一心で、死んだ気で身を落として盗賊《とうぞく》にまでなったものを……と思うと、たまらなく悲しかった。

いつまでこんなことを……と思うと、やり切れなかった。そして、いつの間にか心までが盗賊になりかけていることが恐《おそ》ろしくもあった。

月はだまって光の輪をまとい、雲の海をひとりわたっていく。佐《すけ》はそれを見上げながら、

「ここは俺《おれ》の好きな場所なのだ。ひとりになりたい時には時々来るのだ。だれにも見られず考えることができる。」

「……考える？　……どのようなことをお考えになるのですか？」

月を背《せ》に立っている佐の表情《ひょうじょう》は夜露には見えなかったが、いつになく佐がさびしそうに思えて、

「佐殿《すけどの》は……おさびしいのですか？」

「すこし……な。」

「なぜ？」

「自分のしていることが虚《むな》しく思えることが、時々……あるのだ。」

「虚しい……とは？」

「俺《おれ》たちは受領《ずりょう》や国司《こくし》どもから金品を奪《うば》い、浮浪民《ふろうみん》に施《ほどこ》しをしている。しかし我《われ》らに奪《うば》いとられた者どもはその奪われた分を取りもどそうと、領地《りょうち》や荘園《しょうえん》の民《たみ》に圧力《あつりょく》をかけることになるわけだ。」

夜露はあっと思った。考えてもいなかったが……たしかにそうだ。

「まあ、そうすればまたまた、荘園から民が耐《た》えかねてにげだし、京で浮浪民になる……って、その構造《こうぞう》は変わらないわけだ。だったら、俺のしていることはなんなのだ？……そう思うと、な。」

佐《すけ》は、疲《つか》れた、というように屋根の上にごろりと寝《ね》そべった。夜露もそのそばによりそうように腰《こし》をおろした。銀色に照らされた世界にふたつの黒装束《くろしょうぞく》の影《かげ》が小さく落ちている。

「……でも、やはり目の前で飢《う》え、倒《たお》れている民を見たら手をさし伸《の》べずにいられないでしょう。私《わたし》はそなたのしていることがまちがいだとは思いません。」

小鷹《こたか》やあの親子のことを思いながら、つい姫《ひめ》の口調にもどってしまったことを夜露は恥《は》じたが、佐《すけ》はそれを聞いて夜露をじっと見つめると、うん、と小さくうなずいた。

「俺《おれ》はともかくとして、お前にはいつまでもこんなことをさせるつもりはない。いずれは……もとの身にもどるのだ。」

夜露はかぶりをふった。もうもどるべき場所などない。

「……私には……もう無理なことです。貴族《きぞく》の姫だった自分を捨《す》てて、鬼《おに》になるつもりでこうしているのですから。」

そして、そのことがやはり、さびしいのだ……と、夜露は思った。月は空をただひとり歩んでいく。月はさびしくないのだろうか。佐はしばらく夜露を見つめていたが、やがて立ち上がり相手の肩《かた》をポン、と叩《たた》くと、大きくひとつ息を吐《は》いて、

「とにかく、無茶はやめろ。お前はひとりではないのだからな。」

と、言った。

大きな雲が近づき満月をかくしていく。月が完全にかくれ、また現《あらわ》れたとき、ふたりの

姿《すがた》はもう大屋根の上にはなかった。

一党《いっとう》はそれからも何軒《なんげん》かの屋敷《やしき》を襲撃《しゅうげき》し、ついにはほかの盗《ぬす》っ人《と》のねじろまで襲《おそ》ったが、笛を見つけることはできなかった。盗品《とうひん》の唐櫃《からびつ》の中から美しい*紅梅襲《こうばいがさね》の十二単《じゅうにひとえ》の裳唐衣《もからぎぬ》の一式が出てきたとき、狭霧丸は、

「お前の取り分だ。取れ。」

と、夜露の腕《うで》にそれをおしこんだ。

「こんなもの、もう私《わたし》には……。」

と、夜露はおしかえしたが、ふたたび狭霧丸が無言でおしつけると、夜露はだまって受けとり、ふたたび見ることもなく自分の部屋の櫃《ひつ》の中に放りこんだ。

*紅梅襲《こうばいがさね》――濃《こ》い紅梅色を下に上にいくほど薄《うす》い紅梅色をかさねた十二単《ひとえ》など

十二　左大臣《さだいじん》

さしもの京のむし暑い夏もすぎ、涼風《すずかぜ》がわたるころとなった。虫の声がはなやかに立ち、上弦《じょうげん》の月を、天候が変わる前ぶれなのか群雲《むらくも》が次々とよぎっていく、静かな夜である。

今宵《こよい》もふたりの盗賊《とうぞく》、狭霧丸《さぎりまる》と夜露姫《よつゆひめ》は次の仕事のあたりをつけるために、そぞろ歩きをよそおって出かけている。狭霧丸、佐《すけ》は馬にまたがり、従者《じゅうしゃ》である夜露姫は例によって童水干姿《わらわすいかんすがた》で轡《くつわ》をとっている。

「涼しくなるとどの屋敷《やしき》も戸じまりが固くなって、盗《ぬす》っ人《と》には不便になるんだなあ。」

と、佐がいつものごとくのんびりした口調でぼやく。

「今からそのようなことでは、冬になったらどうするのですか。冬は寒くておっくうだからと、狭霧丸が火桶《ひおけ》にかじりついていては、施《ほどこ》し寺《でら》に来る者たちが飢《う》えてしまいます。」

「うるさいな。口やかましいかみさんみたいにせっつかないでくれ。」

「……だれがかみさんなどと……！　佐殿《すけどの》に北の方がおられたら、そんな怠《なま》け者《もの》のご亭主《ていしゅ》など、とうに家からたたき出されていることでしょうねぇ。」

「おお、怖《こわ》や。まこと鬼《おに》のような北の方殿じゃのう。」

「だから、私《わたし》は佐殿の北の方じゃありませんから！」

　近ごろすっかり慣《な》れあった軽口をたたきあいながら、ふたりは大きな屋敷《やしき》の長い塀《へい》にそって歩いていく。

「ずいぶんと長い塀。よほど大きなお屋敷なのですね。お寺ですか？」

「なにをかくそう。これが名高い左大臣《さだいじん》さまのお屋敷だ。」

　……左大臣さまの？　このお屋敷が……？　たしかに、帝《みかど》にまさるご威勢《いせい》とは聞いてはいたが、これほどとは……。

「なにしろ、左京三条三坊《さきょうさんじょうさんぼう》の一、二町を占《し》め、北は西大路《にしおおじ》、南《みなみ》は三条坊門《さんじょうぼうもん》、西は西洞《にしのとう》院大路《いんおおじ》、東は町尻小路《まちじりこうじ》に接《せっ》する大屋敷だ。寝殿《しんでん》に三棟《むね》の対屋《たいのや》、屋敷内には*遣《や》り水《みず》を流し、広大な庭園に池。夏には*龍頭鷁首《りょうとうげきす》の船をうかべ、多くの貴族《きぞく》を招《まね》いて詩歌《しいか》、管弦《かんげん》の宴《うたげ》がもよおされる。その美しさ、華《はな》やかさはこの世のものとも思えぬ、まるで極楽浄土《ごくらくじょうど》のようだとか。敷地内《しきちない》には*蔵人所《くろうどどころ》も設《もう》けられ、帝《みかど》をぬきにして自宅《じたく》で政務《せいむ》がとれるほどだ。実質《じっしつ》、こちらが御所《ごしょ》だという者まであって、今御所とよばれているくらいだ。」

「佐殿《すけどの》は中をごらんになったことがあるのですか?」

「聞いた話だ。俺《おれ》ごとき木《こ》っ端《ぱ》役人がお出入りできるとこじゃないんでな。」

やがて堂々たるかまえの大門《おおもん》が見えてきた。強そうな門衛《もんえい》が五人ほど配され、篝火《かがりび》があかあかとたかれ、あたりを照らしだしている。

「おっと、ここは避《さ》けておこう。見とがめられてもやっかいだ。」

ふたりが馬を引いて道の端《はた》の暗がりに身をよせた時、道のむこうから先触《さきぶ》れがしのびやかに走ってきて、門衛になにごとかを告げた。ややあって、一台の瀟洒《しょうしゃ》な網代車《あじろぐるま》がふたりの視界《しかい》に入ってきた。大門がしずしずと開かれる。篝火の中を松明《たいまつ》をかかげた六人ばかりの随身《ずいじん》、馬にまたがった護衛《ごえい》を従《したが》え、美しく彩色《さいしき》をほどこした牛車《ぎっしゃ》が入っていこうとしている。

*遣《や》り水《みず》——小川　*龍頭鷁首《りょうとうげきす》の船——それぞれ龍《りゅう》と想像《そうぞう》上の鳥、鷁《げき》の首を船首にほどこした二艘《そう》一対《つい》の小舟《こぶね》　*蔵人《くろうど》所《どころ》——帝《みかど》や宮中のご用、警備《けいび》をつかさどる部署《ぶしょ》

豪奢《ごうしゃ》な衣裳《いしょう》をまとった見目の良い牛飼《うしか》い童《わらわ》に緋色《ひいろ》の縄《なわ》を持たせ、それが映《は》える太角のみごとな黒い牡牛《おうし》に引かせた牛車《ぎっしゃ》の後簾《あとすだれ》の下からは、目もあざやかな薄物《うすもの》の垂《た》れ絹《ぎぬ》が下げられていて、車の主の豊《ゆた》かさ、趣味《しゅみ》の高さをしのばせる。夜露は思わず自分の立場も忘《わす》れて、なつかしいその典雅《てんが》なながめに見いっていた。

「これはこれは、お屋敷《やしき》の若《わか》さまのどなたかが、今宵《こよい》の忍《しの》び歩《ある》きからのご帰還《きかん》と見える。左大臣《さだいじん》さまには何人ものご子息がおられるからな。それにしてもあのいでたち、うらやましきご身分よ。」

と、佐《すけ》。夜露もその声に我《われ》に返って、からかいぎみに応《おう》じた。

「ま、お気の毒。佐殿《すけどの》にはお通いになる女性《じょせい》もおられぬとは……。」

「うるさいな。俺《おれ》はこう見えて女を見る目が厳《きび》しいのだ。」

「しっ。聞こえますよ。」

そのふたりの目の前をゆるゆると牛車がすぎる。それとともに上質《じょうしつ》なたき物の香《かお》りがほんのりと夜露の鼻をくすぐって行く。

……!?　……この香り……？　覚えがある……？　「あっ。」と、夜露は思い出した。

……そうだわ。あの夜！　父上の吹《ふ》く『黒鵜《こくう》』の調べを最後に聞いた夜。寝所《しんじょ》に忍《しの》びこんできた蔵人《くろうど》の少将《しょうしょう》の衣《ころも》にたきしめられていた香《かお》りと同じ……⁉

「どうかしたのか？　大丈夫《だいじょうぶ》か？」

青ざめた夜露の顔に気づいて佐《すけ》がたずねる。

「……今のお車のお方……もしや蔵人の……？」

「ああ、そうかも知れぬ。四位の蔵人の少将は左大臣《さだいじん》のお気にいり。部屋住みの息子だからな。」

「そんなことは知っています！　私《わたし》は……。」

一度は言いよりながら、落ちぶれたとなると嘲《あざけ》りの言葉を投げつけてあざ笑った。あの最低、最悪の男の顔が今さらのように苦い思い出とともに胸《むね》によみがえり、姫《ひめ》・夜露の心を焼いた。

「おお、そういえば姫君は少将の君といささかの仲だったのでは……？」

「そのようなこと、ありませぬ！　……あれは……。」

「かくすことはなかろう？　俺《おれ》はたしかにいつぞや少将の車が紅梅屋敷《こうばいやしき》から出てくるのを

……。」

「ですから、それは誤解《ごかい》です！」

小声で言い争いながら大門《おおもん》を避《さ》け、馬を引いてもと来た道を引きかえそうとした。その時だった。かすかな笛の音が秋風のまにまに、ふたりの耳に届《とど》いたのは。

笛の音は風に乗り、虫の音にまじり、高く低く、心の底にしみいるようだった。ふたりは足を止め思わず聞きいっていた。嫋々《じょうじょう》と尾《お》を引き、また嚠々《りょうりょう》と高く澄《す》んだその響《ひび》きはまさに……。

「……『黒鶫』？　……まさか？　……でも、そうよ！　この音はあの笛でなければ出ない音だわ！　佐殿《すけどの》！　あれは『黒鶫』です！　『黒鶫』はここにあったのだわ！」

父の笛には遠く及《およ》ばない吹《ふ》き手《て》のものではあったが、夜露が聞きまちがえるはずがない。それはたしかに『黒鶫』の音色であった。

「『黒鶫』？　まことにか？」

「……はい！　『黒鶫』は左大臣《さだいじん》さまのお屋敷《やしき》の中にあったのです！　……父の許《もと》から盗《ぬす》みだされて。つまり『黒鶫』盗難《とうなん》の真犯人《しんはんにん》は蔵人《くろうど》の少将《しょうしょう》だったということです。どうやって盗《ぬす》みだせたのかは分からないけど……。」

「実行犯《じっこうはん》は茨《いばら》だよ。」

夜露はいきなり顔をなぐられたような衝撃《しょうげき》を受け、佐《すけ》をふりむいた。しばらく思い出すこともなかった名前だった。

「……茨……ですって？」

佐の冷静で静かな声が答える。

「あのな……俺《おれ》はお前が思うほど無能《むのう》な検非違使《けびいし》でもないのだ。俺が茨の在所《ざいしょ》を調べたのは知っているよな？　在所の家はもぬけのからだった。茨の親たちが故郷《こきょう》の山科《やましな》に越《こ》したと聞いて、俺《おれ》はそこまで訪《たず》ねたのだ。ところが娘《むすめ》の茨はそこにはいなかった。なんでも京のさる貴人《きじん》のお屋敷《やしき》に引きとられた、と言うばかりでな。どこのどなたの屋敷かはついに分からなかった。多分親たちも知らなかったのだろう。……しかし今、分かった。それはこの左大臣《さだいじん》屋敷だったのだ。」

蔵人《くろうど》の少将《しょうしょう》と茨……！　夜露の脳裏《のうり》に女房《にょうぼう》たちの言葉がよみがえった。お姫《ひめ》さまそれは甘《あも》うございますよ……あの娘がどれだけ高望みしていたかもごぞんじなくて……。

夜露は体の奥《おく》が冷えきって震《ふる》えがくるのを、おさえることができなかった。

「……茨は少将《しょうしょう》さまに恥《はじ》をかかせた私《わたし》を許《ゆる》せなくて……笛を盗《ぬす》みだしたのでしょうか。」

「そんなことは知らん。ただ少将が手先に使った茨から事実がもれるのを恐《おそ》れて、自分の屋敷《やしき》にかくまった、ということだろうな。」

少将が茨を利用したのか、茨が恋《こい》ゆえに主人を裏切《うらぎ》ったのか……夜露は自分の甘《あま》さを呪《のろ》った。夜露は歯をくいしばって震えを止めた。

「……いきさつはどうであれ、笛のありかをつきとめることはできました。……これでやっと奪《うば》い返《かえ》すことができるのです！」

佐《すけ》はあきれたようにまじまじと夜露の顔を見ると、ふうっとため息をついた。

「……あのなぁ、俺《おれ》はあきらめるように忠告《ちゅうこく》をしたのだぞ。お前……この左大臣《さだいじん》さまの御殿《ごてん》におしいるつもりか?」

「そのつもりです。」

夜露はむしろ心外だ、というように佐を見返した。佐はいかにも夜露を哀《あわ》れむように苦笑いすると、

「……そいつは……すごく……頭の悪いことだな。この警戒厳重《けいかいげんじゅう》な屋敷《やしき》に？　いかな狭霧丸といえども、ここにふみ入るのはご勘弁願《かんべんねが》いたいもんだね。」

夜露は「ふん！」と鼻を鳴らした。

「そんなこと、恐《おそ》れるものですか。先ほどの笛はたしかに少将《しょうしょう》のものです。父上のもとにお稽古《けいこ》に来ていたころに聞いた、すこし癖《くせ》のある吹《ふ》き方《かた》は変わっていませんでした。少将は茨をそそのかして笛を盗《ぬす》んだのです。そして左大臣《さだいじん》さまはそれをごぞんじでいながら、ご子息の悪事を見のがして……。」

佐《すけ》は無言で聞いていたが、やがて濃《こ》い眉《まゆ》の下から黒々とした目でじっと夜露を見すえると、ほとんどささやくような声で告げた。

「……ちがうな、それは。……おそらく左大臣さまが息子《むすこ》に命じてそうさせたのだ。」

「なんですって⁉」

夜露は息をのんだ。

「左大臣はお父上に面目《めんぼく》を失わせたかったのだ。」

佐は夜露から目をそらさず、かんでふくめるように言った。夜露の返す声はもはや悲鳴に近かった。

「……なぜです⁉　父は左大臣《さだいじん》さまに対して、ふくむところなどありませんでした。父には政治的《せいじてき》な野心などなかった……。左大臣さまの敵《てき》ではなかったのに……！」

一陣《いちじん》の風が梢《こずえ》を鳴らして吹《ふ》きすぎた。上空にも強い風がわたって行くのか、群雲《むらくも》が次々と月にかかっては離《はな》れていく。

「思うに、左大臣は今の帝《みかど》が気にくわない、というのがその理由だな。」

「帝……？」

「前にも話したが、今上《きんじょう》の母君は藤原氏《ふじわらし》の娘ではない。ということは、左大臣としては帝の外戚《がいせき》として幅《はば》をきかすことができないということだ。」

「そんなこと、父になんの関係が？」

「考えてもみろ。長く続いた藤原摂関家《ふじわらせっかんけ》の栄えは、ひとえに藤原氏の血筋《ちすじ》を受《う》け継《つ》いだ帝を帝位《ていい》につけ続けた結果だ。だから先帝に御子《みこ》が生まれず、今の帝に、譲位《じょうい》されるのに何年、摂関家が渋《しぶ》ったと思う？　帝のほうでも摂関家を遠ざけ政《まつりごと》の改革《かいかく》をなさりたいとお望みだから、大貴族《だいきぞく》よりも才能《さいのう》のある中流貴族を取りたてようとなさっておられる。あなたのお父上を中納言《ちゅうなごん》としてお取りたてになったのも、その一環《いっかん》だ。そんなことは左大《さだい》臣《じん》にとっておもしろかろうはずもない。中納言殿《ちゅうなごんどの》の失脚《しっきゃく》は、帝《みかど》を抑えるために左大臣がしくんだことだ。」

「しくんだ……!?　それでは左大臣さまは御息子《おんむすこ》の少将《しょうしょう》さまに命じて、父から『黒鵜』を奪《うば》ったと……？　そんな上の方々の争いのために父は……？」

「だから、あの時俺《おれ》は騒《さわ》ぎたてるなとお父上に申しあげたのだ。表ざたにしてご自分が追いこまれぬようにと……。」

雲が流れてきて一瞬《いっしゅん》、月をかくした。夜露はもう声を失って地面にくずおれた。

自分は本当になにもわかっていなかったのだ。自分はあの年になるまで父の出世を当然のこととして、世の中のしくみなど考えたこともなかった。

今こうして夜盗《やとう》となり、世の中の裏《うら》を歩く身となって、いかに強い者が弱者から取りあげ私腹《しふく》を肥《こ》やすか、負けた者たちがどんな末路をたどるのかを知った。なにもかもが符合《ふごう》するようにわかった。

だから姫君《ひめぎみ》であったころ、少将を手ひどく拒《こば》んだときに父上はあんなこまった顔をなさったのだ。好きでもない男でも政略《せいりゃく》と心得て姫《ひめ》が受けいれるか、あるいは断《ことわ》るにせよ、もっとやんわりと流していれば話はまたちがっていたかもしれず、父上は死なずにすんだかもしれない……。うずくまった水干姿《すいかんすがた》から泣き声ともうめき声ともつかぬ叫《さけ》びがあがった。

「……いいえ！　そんなことあってはならないことよ！　どうして帝《みかど》と摂関家《せっかんけ》の争いに私《わたし》たちがまきこまれなくてはならないの？　そんなのまちがってる！　いくらお偉《えら》い左大臣《さだいじん》さまだって私たちをふみにじって良いはずがない！」

夜露は顔をおおって、うずくまったまま立ち上がることができなかった。口惜《くちお》しかった。情《なさ》けなかった。自分のこともゆるせなかった。見とがめられる心配がなければそのまま大声を放って泣きたかった。佐《すけ》は愛《いと》おしむようにそんな夜露の体をそっと起こし、土を払《はら》ってやりながら、

「まちがっていようとなかろうと、世の中というものが事実そういうものだということはお前にも分かっているはずだ。この世には正義《せいぎ》などない。ただ力比《ちからくら》べと運があるばかりなのだ。左大臣は帝さえ危《あや》うくできる権力者《けんりょくしゃ》だ。お父上は本当にお気の毒だったと思

う。」

雲がまた月をおおい、すべては闇《やみ》にかくされまた現《あらわ》れる。ややあって、少女は、ぐい、と乱暴《らんぼう》に涙《なみだ》をぬぐうとこう言いはなった。

「……私《わたし》は……泣《な》き寝入《ねい》りしたりしません！」

「夜露……！」

「私は左大臣《さだいじん》さまから笛を取りもどします！　そうして父上の恥《はじ》をそそぐまでです！　お願いします。お頭！　私にこの屋敷《やしき》を襲《おそ》わせてください！」

佐《すけ》、いや狭霧丸は目を鋭《するど》くすると、鼻で笑った。

「はっ……。冗談《じょうだん》か？　お前、なにを言いだすのだ？」

「だからこのお屋敷から『黒鵜』を盗《ぬす》みだすのです。」

なにを今さら、とでも言うように心持ち眉《まゆ》を上げて、少女は佐をまっすぐに見返している。

「そんなことは無理だと言ったはずだ。復讐《ふくしゅう》だ？　……だから世間知らずだと言うのだ。……いいや！　冗談じゃない！　断《ことわ》る！」

「だって、世にならびなき夜盗《やとう》狭霧丸ではありませんか、お頭は。どんな屋敷《やしき》であろうと霧《きり》の如《ごと》く出入りできるのですよね？」

「阿呆《あほう》！　今までの夜盗修行《やとうしゅぎょう》でなにを学んだ？　天下の左大臣御殿《さだいじんごてん》だぞ。夜中じゅう門に篝火《かがりび》をたやさず、ごていねいに五人もの門衛《もんえい》を立たせているような警戒厳重《けいかいげんじゅう》な家に、俺《おれ》たちのようなコソ泥《どろ》が入れるものか！　中に入れたとして、百人からの衛士《えじ》、侍《さむらい》やら郎《ろう》党《どう》どもがごっそり飛びだしてくる。ほとんど戦《いくさ》だ。しかも俺たちはせいぜいが四十人。笛を奪《うば》うまえに殺されるか捕《つか》まるのがオチだ。一党《いっとう》の者たちにそんな危険《きけん》な仕事をさせるわけにはいかぬ。まっぴらごめんだ！」

……あっ、と夜露は息を詰《つ》めた。そうだ、自分だけの目的のために一党の者たちにまで危険《きけん》な目にあわせるわけにはいかない。私《わたし》はいつも目の前のことしか考えない愚《おろ》か者《もの》だ。なぜ考えなかったのだろう。足手まといの私を仲間と受け入れ、信頼《しんらい》してくれたみんなを犠牲《ぎせい》にするかもしれないことを……。また雲が月をかくし、つかのま闇《やみ》が訪《おとず》れた。

「……そうでした。このことのために仲間たちをたのむことはできません。お頭、申しわけありませんでした。やはりこれは……私ひとりでいたします。お頭、今までありがとうございました。」

そう言って、夜露は硬《かた》い表情《ひょうじょう》のままペコリと一礼すると二、三歩後ずさりし、止める間もなくそのまま闇《やみ》の中に溶《と》けいってしまった。

ふたたび月が現《あらわ》れたとき、その光のなかには気づかわしげな表情をうかべた佐《すけ》がただひとり、立っているばかりであった。

次の日の夕刻《ゆうこく》。夜露は古びたお堂の縁《えん》の下《した》でうとうとしながら目覚めた。ここ二日ほど野宿をしていたので、体のあちこちが固くなって痛《いた》む。なにしろ「ひとりでもやる。」と言った以上、佐の館に寝《ね》泊《と》まりするわけにもいかない。まだ野宿でも凍《こご》える時期じゃなくて良かった、と夜露は思った。昨晩《ゆうべ》は左大臣屋敷《さだいじんやしき》に忍《しの》びこめる所はないかと塀《へい》に沿《そ》って調べた。塀はふつうの屋敷よりずっと高くめぐらされていて、小鷹《こたか》のように身の軽い者でもひと息に飛びあがることは無理と思われた。

しかも五人の門衛《もんえい》どころか約半刻《はんとき》おきに侍《さむらい》が三人組になって塀の外を見まわっているのだ。昨晩は見とがめられて「主人の使いの途中《とちゅう》で道に迷《まよ》いまして。」とか苦しいいいわけをしてようやくのがれたのだが、みな強そうで、夜露が完全に立ち去るまで目をはなさずに見張《みは》っていた。狭霧丸が二の足をふむ、と言っていたのがよくわかった。

今日はほっかぶりをして、屋敷《やしき》の裏口《うらぐち》にまわった。荷車で*俵《たわら》ものらしきものを運びいれている男たちに紛《まぎ》れ、なにくわぬ顔で車をおしながら屋敷に入りこむつもりだったのだ。しかし中のひとりが見慣《みな》れぬ顔に気づき、不審《ふしん》がられて失敗に終わった。そこで今夜は最後の手段《しゅだん》をとるつもりだった。

今夜もまた降《ふ》るような虫の音だけが聞こえる静かな夜である。夜露は左大臣《さだいじん》屋敷近くの木立に伏《ふ》せて、じっと待っていた。やがてお目当てのものがやってきた。例によって忍《しの》び歩《ある》きからご帰還《きかん》の蔵人《くろうど》の少将《しょうしょう》の牛車《ぎっしゃ》である。たなびく香《こう》のかおりでそれとたしかめ、夜露は刀印を結んだ。そして「……神変《しんぺん》そわか」の呪文《じゅもん》を唱えつつ木かげから立ち上がり、少将の牛車へと近づいていった。〝隠行《おんぎょう》〟に入っている夜露はだれの目にも見えない。夜露はそのまま少将の牛車に乗りこもうと、牛車の後簾《あとすだれ》をそっと引きあげ……

……ようとしたその手を、ぐいっとつかまれた。あっとふり払《はら》おうとすると、

「そのまま〝隠行〟を解《と》くな！　未熟者《みじゅくもの》が声をたてれば、術《じゅつ》が破《やぶ》れるぞ！」

姿《すがた》は見えないが狭霧丸の声である。どうやらそこまでの達人ともなると、姿を消したましゃべることもできるらしい。そのまま強引《ごういん》に手をひかれ木立へともどる。

「俺《おれ》はつくづくお前の教育をまちがえたようだな。今日は、なにをやらかすつもりだったのだ？」

虚空《こくう》から狭霧丸の声がどなりつける。夜露もふくれっ面《つら》で、

「お頭！　なんで止めたんですか？　もうすこしでうまくいったのに！」

狭霧丸がうんざりした顔で姿を現《あらわ》した。

「おおかた少将《しょうしょう》の牛車《ぎっしゃ》に乗りこんでまんまと中に入り、あわよくば少将の部屋までついて行くつもりだったんだろうよ。お前、入ったは良いが出るほうはどうするつもりだったのだ？」

「そ、それは……考えていませんでしたけど……。お頭、もしかしてずっと私《わたし》のこと見《み》張《は》ってたんじゃないでしょうね？」

狭霧丸は、はああーっとため息をつき、

「その気配にも気づかんから、お前は未熟者《みじゅくもの》だというのだ。危《あぶ》なっかしくて見ていられ

＊俵《たわら》もの――俵に入れた米、海産物

なくなったのだ。」

「危《あぶ》なっかしくてもなんでも、私《わたし》は死んでもこれはやり遂《と》げるつもりです。お頭、止めても無駄《むだ》ですから、もう私のことは放《ほ》っといてください。」

つんとして横を向いた頰《ほお》はうす汚《よご》れて、やつれが目立つ。おそらくここ二、三日はよく眠《ねむ》れていないのだろう。いや、もしかするとこいつは目的を達成するまでは眠らないのだろう。

「お前……本気なんだな？　夜盗《やとう》として殺されても、捕《つか》まえられ獄門《ごくもん》にかけられてもかまわぬのだな？」

夜露はゆっくりとうなずいた。今宵《こよい》もまた、美しい十三夜の月を雲がよぎっていく。

「……佐殿《すけどの》よ、私はむしろそれが望みなのです。なんとしても左大臣《さだいじん》さまのしたことをあばき、帝《みかど》にそのことを知っていただく。父の冤罪《えんざい》を晴らせればそれで良いのです。中納言《ちゅうなごん》の姫《ひめ》はそのために鬼《おに》となりました。……鬼には鬼の死に方があるというものです！」

「……それで首尾《しゅび》よく盗《ぬす》みだせたとして、後はどうするのだ？」

「帝にお返しして、左大臣さまのことを暴露《ばくろ》します。」

「どうやって？」

「……それは……それこそまだ考えていませんけど……。」

佐《すけ》は眉《まゆ》をよせ、塀《へい》にもたれて深く息を吐《は》くと、しばしだまりこんだ。

「待ってくれ……すこし考えさせろ。」

雲が流れてきて月をかくし、ふたりはその闇《やみ》のなかで互《たが》いの思いの中に深くしずみこんだ。さやさやと秋風が梢《こずえ》を鳴らし、降《ふ》るような虫の音があたりを満たしていた。やがて雲が切れ、月の光がふたたびふたりの姿《すがた》をうかびあがらせる。

やがて佐・狭霧丸がニヤリと笑いながら口を開いた。

「……よかろう。左大臣屋敷《さだいじんやしき》に怖《お》じ気《け》をふるったとあっては、天下の夜盗《やとう》狭霧丸の名がすたるというものだ。……やってやろうじゃないか。」

「狭霧丸……いや、佐殿《すけどの》！　それはまことに……？」

「うむ。……しかしその前にすることがある。まず、正倉院蔵《しょうそういんぐら》を襲《おそ》い、お宝《たから》をいただく。」

「……正倉院蔵ですって⁉」

夜露はあっけに取られて佐《すけ》の顔をうかがった。あまりの大仕事にさすがの狭霧丸もどうかしてしまったのでは？　……と疑《うたが》ったのである。正倉院といえば大和《やまと》の国《くに》（奈良県）にある古代よりの宝物《ほうもつ》、つまり国宝《こくほう》をおさめた国倉《こくそう》だからである。

「正倉院が、このこととなんの関係があるというのですか？　……なぜ？　佐殿《すけどの》こそ本気でおっしゃっているのですか？」

「本気も本気だとも。まあ、楽しみにしていることだな。」

いつものごとくのんびりとした口調にもどった佐が、にったりと笑いながら答えた。いつの間にか月は山《やま》の端《は》にしずみ、東の空が白んできた。

十三　正倉院《しょうそういん》

天高く。美しく色づいた紅葉《こうよう》が映《は》え、ゆるやかな稜線《りょうせん》をえがく山々のふもとには、のどやかな田園風景が広がっている。

秋の大和路《やまとじ》を十人ばかりの随身《ずいじん》と従者《じゅうしゃ》を従《したが》えて、立派《りっぱ》なこしらえの牛車《ぎっしゃ》をゆるゆると歩ませる一行があった。随身は赤の袍《ほう》に白の袴《はかま》、手に白杖《はくじょう》を持った検非違使《けびいし》の一隊である。牛車の中には威儀《いぎ》を正した帝《みかど》のご勅使《ちょくし》と水干姿《すいかんすがた》の小柄《こがら》な、まだ少年のような従者が乗っている。

「……これ、笑うなと言うのに。」と、ご勅使。

「笑ってなどおりません。佐殿《すけどの》もそうして身なりを整えれば、立派な殿上人《てんじょうびと》に見えると感服しておりますの。」

と、従者《じゅうしゃ》が澄《す》まして答える。

「正装《せいそう》なんぞ肩《かた》が凝《こ》るばかりでかなわん。どうせ俺《おれ》は昇殿《しょうでん》ギリギリの五位鷺《ごいさぎ》だよ。」

「まあ。ひねくれて申すのは、よろしくありませんわ。それよりこうしてご勅使《ちょくし》をよそおって、随身《ずいじん》の検非違使《けびいし》は一党《いっとう》の者たちだし……。もし見破《みやぶ》られたら……と思うと私《わたし》は心配でたまりません。」

夜露《よつゆ》の心配ももっともなことで、正倉院蔵《しょうそういんぐら》といえば大和国東大寺《やまとのくにとうだいじ》の宝庫であり、遠い奈良《なら》の都のみぎり、仏教《ぶっきょう》に帰依《きえ》された聖武《しょうむ》の帝《みかど》の御物《ぎょぶつ》、尊《とうと》い経文《きょうもん》、はるか西域《せいいき》や唐土《もろこし》よりもたらされた貴重《きちょう》な香木《こうぼく》、珍品《ちんぴん》、宝物《ほうもつ》をおさめた国倉《こくそう》でもある。

倉は二重の堀《ほり》にかこまれて厳重《げんじゅう》に警備《けいび》され、その錠《じょう》は帝ご直筆で御名《おんな》を記された紙をもって封印《ふういん》されており、帝の勅書《ちょくしょ》なくしては開閉《かいへい》できないとされている。

その国倉を襲《おそ》うとは、なんと大胆不敵《だいたんふてき》な企《たくら》みだろうと夜露は思った。それにしてもその国倉からいったいなにを盗《ぬす》みだそうというのか。それが左大臣屋敷《さだいじんやしき》の襲撃《しゅうげき》となんの関係があるというのか。いくらたずねても佐《すけ》ははぐらかして答えてくれない。

「それにしても、なにもこんなインチキをしなくても。どこへでも霧《きり》のごとく出入り、出《しゅっ》没《ぼっ》できる狭霧丸《さぎりまる》ではないのですか？」

「それは建て前というものだ。国倉《こくそう》ともなればそうはいかん。」

と、じろりとにらむ。

「なに、警戒厳重《けいかいげんじゅう》といっても今どきはそれほどでもないそうだ。値打《ねう》ちのありそうな物はほんのひと握《にぎ》りで、あとはわけのわからん舞楽《ぶがく》の面《めん》とか経文《きょうもん》、書類。そうそう、なにやら知れぬ動物の干《ひ》からびたのも、一応《いちおう》は御物《ぎょぶつ》のひとつだってくらいだからな。値打ちのありそうな物はすぐに国宝《こくほう》とばれて売れないから、盗《ぬす》んでもしかたがないし……したがって、宝《たから》が今まで盗難《とうなん》にあったことなどないと思う。ことに今は皇室《こうしつ》の財政《ざいせい》も苦しいからこんなところに金は使えない。正倉院の守りは番兵が二十人かそこいらだそうだ。盗《ぬす》っ人《と》にはありがたいことだ。」

と、やたらあくびをしている。

小春日和《こはるびより》のうららかな日で、夜露もなにやら郊外《こうがい》へ*草摘《くさつ》みに行くような気分になってくる。やがて、壮大《そうだい》な南大門《なんだいもん》のむこうに東塔《とうとう》、西塔《さいとう》をしたがえた大伽藍《だいがらん》が見える。東大寺の金堂、すなわち「大仏殿《だいぶつでん》」である。ここには奈良《なら》のいにしえ、聖武《しょうむ》の帝《みかど》が建立《こんりゅう》された

*草摘《くさつ》み――ピクニック

高さ五丈《じょう》あまり（約十五・八メートル）に及《およ》ぶ銅造《どうづくり》盧舎那大仏《るしゃなだいぶつ》が鎮座《ちんざ》ましましている。

夜露も「ひと目拝《おが》んでみたいもの。」と、思ったが「これから盗《ぬす》みを働きに参ります。」ではかえって仏罰《ぶつばつ》があたりそうである。僧《そう》たちの姿《すがた》もちらほらと見え、検非違使《けびいし》を従《したが》えた一行をものめずらしげにながめる者もあって、夜露は気が気ではなかったが、佐《すけ》は、

「まあ、気にするな。坊主《ぼうず》どもも田舎《いなか》ぐらしで暇《ひま》をもてあましているのだ。」

と、いたってのんびりとかまえている。

大小のお堂、講堂《こうどう》の立ちならぶあたりを迂回《うかい》して大仏殿《だいぶつでん》の裏手《うらて》にまわると、佐は小さな木立の中に牛車《ぎっしゃ》を止めさせた。長柄《ながえ》を下ろさせて夜露をうながし、車から降《お》りる。

「あれが正倉院蔵だ。」

佐の視線《しせん》を追うと、たしかに木々の間から低い土塀《どべい》がめぐらされた中にそれとおぼしき建物が見える。

「倉の中は左から北倉《ほくそう》、中倉《ちゅうそう》、南倉《なんそう》の三つに仕切られている。中倉には東大寺の文書、記録。南倉には仏具類がおさめられている。北倉にはいにしえの宝物《ほうもつ》、刀剣《とうけん》、軸物《じくもの》、楽器などの御物《ぎょぶつ》がある。今回我《われ》らがねらうのは北倉だ。倉の中は二層《そう》になっていて、御物はそ

れぞれ唐櫃《からびつ》におさめられているそうだ。やっかいだな……。」

そう言うと、佐《すけ》は従者《じゅうしゃ》に担《にな》わせてきた荷からなにやら取り出させた。あたりを見まわし、倉をのぞむ木立のなかのひときわ太く高い古木を選ぶと、その下になにかをていねいにならべはじめた。横からのぞいて見るとそれは白木《しらき》の高坏《たかつき》三つばかりと榊《さかき》の枝《えだ》である。それを木に供《そな》え、それぞれ酒、塩、米を盛《も》った高坏もそえる。……神事……？

「ここで神さまを祀《まつ》るのですか？」

「あたり前だろう。いにしえより、どれほどの盗賊《とうぞく》どもがこの国宝蔵《こくほうぐら》を狙《ねら》ったと思う？　それでも中の御物《ぎょぶつ》が盗難《とうなん》のうき目にあわなかったのは、倉をお守りする神様がおわすからだ。」

佐は大まじめである。

「それはだれかから聞いたのですか？　東大寺にいたという大善坊《だいぜんぼう》ですか？」

「いいや。検非違使《けびいし》庁《ちょう》で以前に捕《つか》まえた泥棒《どろぼう》からの情報《じょうほう》だ。そいつはうまいこと倉の中に入りこめたそうだが、不思議にもなにも持ちだすことができなかったそうだ。やつが言うには、あれはきっと倉の神がお守りしているからだと……。」

「あきれた……！　そんなこと、お信じになるのですか？」

「阿呆《あほう》！　泥棒《どろぼう》が泥棒を信じなくて、どうする。そこで、その神様に今日はお目こぼしをいただくのだ。こうしてお祀《まつ》りし、決して御物《ぎょぶつ》を損《そん》じたり悪用はいたしませんから、とお誓《ちか》い申すのだ。」

と言うと、はたはたと柏手《かしわで》を八度ばかり打って二礼し、なにやら真剣《しんけん》に祈《いの》っている。夜露は……はたしてこんなことが効《き》くのかしら、眉唾《まゆつば》、と思いはしたが、まあなにごとも……と、思いなおして佐《すけ》につづき同じように心の中で、

「おゆるしください。これも父の恥《はじ》をそそぐためでございますので。」

と、祈《いの》った。随身《ずいじん》のなりをした手下どももそれにならった。


木立に囲まれた正倉院蔵は、古さびてはいるものの湿気《しっけ》を避《さ》けるために、縁《えん》の下《した》を八尺《しゃく》（約二・五メートル）ばかり持ちあげた高床式《たかゆかしき》の倉である。校倉造《あぜくらづくり》という三角の面をもつ木材を組み合わせて作られた、めずらしくも端正《たんせい》な美しさをもった建物だった。

これがはるか奈良のいにしえに造《つく》られたのだと思うと、夜露も畏敬《いけい》の念にうたれる。し

かし近づいて見るとなるほど、二重の堀《ほり》と見えたものはすでに水が涸《か》れて久《ひさ》しいらしく、干上《ひあ》がり雑草《ざっそう》が生いしげっている。警備《けいび》の者の姿《すがた》も見えず、佐《すけ》の話のとおりほとんどここが顧《かえり》みられていないことがわかる。天下の国倉《こくそう》が、……大丈夫《だいじょうぶ》か？　と、逆《ぎゃく》に心配してしまう。

それでも行列をしたてて橋をわたってきた一行にようやく気づいたのか、門の内から「何者であるか？」と、とがめる声がする。

「これは御所《ごしょ》より勅命《ちょくめい》をおびて参った者である。ご開門くだされ。」

今まで居眠《いねむ》りをしていたとおぼしき番人の僧侶《そうりょ》と、一応武装《いちおうぶそう》を整えながら転がり出てきた番兵があわてて、細めに開けた門の間から顔を出した。

「どなたで……？」

「検非違使《けびいし》の佐《すけ》にて橘《たちばなのもとただ》　基忠。」

「その検非違使殿《けびいしどの》が、なに用でござりまするか？　ご勅使がおいでになるとは聞いておりませぬ。しかも検非違使殿がご勅使に立つなど聞いたこともございません。」

明らかに不審《ふしん》そうである。夜露も佐が本名まで出したのを危《あや》ぶんだが、佐は平然とした

もので、

「ご不審《ふしん》はごもっともなことながら……この私《わたし》は五位にても昇殿《しょうでん》をゆるされた身。このたびはいかにも急なことで帝《みかど》より直々にご命《めい》をたまわり、参りました。」

「なんと……！　尊《とうと》くも帝より？」

僧《そう》と番兵が、おお！　と声をそろえておどろく。夜露も同じく佐《すけ》のあまりの大風呂敷《おおぶろしき》にのけぞりそうになった。いくら御所《ごしょ》に上がれても……帝のつま先も拝《おが》めそうにない五位鷺《ごいさぎ》が……!?

「……実は、今都にて狭霧丸という夜盗《やとう》があちこち荒《あ》らしまわっているのをお聞きおよびではございませんか？」

ぬけぬけと本人がしゃべっている。

「おお、それなればうわさは聞いております。なんでも神出鬼没《しんしゅつきぼつ》の盗賊《とうぞく》とか？」

「さよう、その狭霧丸がこの正倉院の御物《ぎょぶつ》をすでに盗《ぬす》みだしているなどと広言しておりましてな。それが帝のお耳にも達してしまい、『たいそうゆゆしきことである。』とおおせ出《いだ》されまして。検非違使庁《けびいしちょう》直々に、まことかどうかたしかめて参れとのご勅言《ちょくげん》で……。」

「なるほど、さようでございましたか。それで検非違使殿《けびいしどの》が……。しかし当方ではそのような賊《ぞく》が侵入《しんにゅう》したことも形跡《けいせき》もございませんが?」

僧《そう》は番兵と顔を見かわしてうなずきあっている。こんなひっそりと見捨《みす》てられたような倉の番など飽《あ》き飽《あ》きしているのだろう。明らかに面倒《めんどう》くさそうに、

「なにかのおまちがいでしょう。」

「いやいや、狭霧丸とは名のごとく音もなく霧《きり》のようにひそかに忍《しの》びこむ盗賊《とうぞく》でな、気配も見せず奪《うば》うのはお手のもの。盗《ぬす》まれた後に初めて発覚することもめずらしくない……。」

夜露はうしろで聞いていて吹《ふ》きだしそうになってこまった。狭霧丸の一党《いっとう》がひっそりと仕事をしたことなどない。しかし、幸い狭霧丸の手口まではこの田舎《いなか》に伝わっていないらしく、僧も番兵も感心して聞きいっている。

「とにかくたしかめて帰らねば私《わたし》もお役目がたちません。御僧《ごそう》の立ちあいのもとで、中を改めさせていただければそれで結構《けっこう》。それも北倉だけでござる。」

と、夜露に持たせてきた立派《りっぱ》な文箱《ふばこ》を受けとると、うやうやしく僧にさし出す。開けて見ると、中には二通の書状《しょじょう》とおぼしきものが入っている。

「これがおそれ多くも帝《みかど》よりのご勅書《ちょくしょ》とご署名《しょめい》である。」

「は、はあっ！」

と、僧《そう》と番兵ども（そのころには二十人ばかりの部下や侍《さむらい》も集まっていた。）がひれ伏《ふ》す。帝のご勅書というのはまことに験《げん》のあらたかなもので、のぞきこんで改めようとする者などいない。僧はおぼつかなげな風で文箱《ふばこ》をおしいただくと、

「はあ……たしかに……と言うても拙僧《せっそう》はご勅書など拝《はい》したこともございませぬ。この何十年、ご勅使《ちょくし》をお迎えしたこともないので、どうすればよいのか……。ご署名《しょめい》をたしかめるすべもございませんが……。」

と、もごもご言いながら番兵と顔をつきあわせてうなずきあっている。佐《すけ》は、

「そのようにたよりないありさまなので、つまらぬ夜盗《やとう》ごときに良いように言われているのですぞ。失礼だが、だいたいここの警備《けいび》は甘《あま》すぎる。かりにも国の宝《たから》を守ろうというのに堀《ほり》までも空《から》にして役たたずにし、おまけに兵士の姿《すがた》も見えぬとは。この際《さい》ですから私《わたし》の部下どもに警備《けいび》の指導《しどう》をさせましょう。検非違使《けびいし》は防犯《ぼうはん》も仕事ですからね。兵士の方々は戸じまりや塀《へい》の状態《じょうたい》を部下に見せてやってください。」

泥棒《どろぼう》に説教されて番兵頭はすっかり恐縮《きょうしゅく》してしまっている。残りの兵士と侍《さむらい》を手下どもといっしょに去らせ、

「では北倉の錠《じょう》をお開けください。見るだけのお役目なのだからすぐに終わります。」

「は、はい。しかし入るのは佐殿《すけどの》おひとりにかぎりまするぞ。」

「無論《むろん》でござる。ささ……。」

高床式《たかゆかしき》の階段《かいだん》を上がると扉《とびら》があり、赤錆《あかさ》びた錠前が差してあるのだが、夜露の目にさえじつに簡単《かんたん》な代物《しろもの》で、「よくぞこれで今まで大事なかったものだわ。」と思ったほどだ。

その上からこれまたいつの時代の帝《みかど》のものか、ものすごく古びた紙が錠に張《は》りつけられ、封印《ふういん》されている。これを破《やぶ》り、錠をはずす。扉《とびら》をひらくと入り口からのほの明るい光に、内部のようすがわずかに見てとれ、ほんの少しかび臭《くさ》い古い空気の匂《にお》いがした。

その中に古代の宝物《ほうもつ》を納《おさ》めているであろう古びた木の櫃《ひつ》がずらりとならべられている。奥《おく》のほうには上層階《じょうそうかい》へのはしごがかけられているのも見えた。倉とはいえ非常《ひじょう》に簡素《かんそ》な造《つく》りで、これではいかにもごまかしがきかず、やりづらそうだなと思われた。僧《そう》はあかりを手にすると、

「見るだけでございますからね。」

と、念をおして佐《すけ》だけを中にいれた。番兵頭と侍《さむらい》がひとりあとに続く。まさかこの三人相手に立ちまわりをする気では？　と佐を見ると、ちらりと夜露に目配せしたなり佐は倉の闇《やみ》の中に入っていった。

それきりなんの音も聞こえてこない。検非違使《けびいし》に化けた盗賊《とうぞく》どもが、大いばりで国倉《こくそう》の守りについて警備《けいび》の者たちに意見している声がかすかに聞こえるだけである。

高い秋空にぽっかりと白い雲がうかび、時々さえずる小鳥の声に耳をかたむけていると、春日《かすが》の山も近いことで、数頭の鹿《しか》が草を食《は》みながら通《とお》りすぎていく。鹿は藤原氏《ふじわらし》の氏神《うじがみ》である春日大社《かすがたいしゃ》の神のお使いだというが、愛らしい動物に神々《こうごう》しさは感じられない。もうすこし近くによってこないかな、と思っているのに行ってしまった。……鳴く鹿の声きくときぞ秋は……と、つい口ずさみ秋も良《い》いものだ、とのんびり眠気《ねむけ》に身を任《まか》せているところに佐が出てきた。

「いやいや、やはり見まわってよろしゅうござった。こんな大きなネズミの死骸《しがい》が……。」

と、侍《さむらい》が一匹《びき》の大きなネズミの干《ひ》からびたのをぶら下げている。

「多分どこからか入りこんで餓死《がし》したものでしょう。唐櫃《からびつ》に被害《ひがい》がなさそうでなによりでした。」

と、佐《すけ》。僧《そう》も番兵頭もかしこまって礼を言っている。

「しかしそれ以外は何事もなくてよろしゅうござった。やはりあれは盗賊《とうぞく》めのホラ話でしたな。帝《みかど》にもきっとご安心あそばされましょう。こうして実直な仏弟子《ぶつでし》と屈強《くっきょう》な門番殿《どの》がお守りしていることも、帝にご報告《ほうこく》いたしましょう。」

僧はぱっと顔を明るくしたが、さすがに恥《は》じたのか面を赤らめ、しかつめらしく、

「これも御仏《みほとけ》のご加護《かご》でございます。」

合掌《がっしょう》しつつふたたび扉《とびら》を閉《と》じた。帝の署名《しょめい》入りの新しい紙で封印《ふういん》がほどこされた。仲間のにせ検非違使《けびいし》どもも三々五々もどってきた。

「では……。」

と、ふたたび牛車《ぎっしゃ》に乗りこむと佐の一行はきびすを返し、しずしずと引きあげた。

「……で、なにを盗《ぬす》んでこられたのですか?」

牛車に乗るや、夜露はさっそく佐にたずねた。

「俺《おれ》は別になにも……。」

「えっ？　でも佐殿《すけどの》は……。」

「あんなに坊主《ぼうず》だの侍《さむらい》どもに取りかこまれた中で、いかな俺といえども、だれにも見られず唐櫃《からびつ》の蓋《ふた》をあけて中身を取りだすなんて器用なまねはできぬ。」

「なんですって？　では、なんだってあんなまわりくどいことを……？」

そのとき車の後簾《あとすだれ》をまきあげて「お頭。」と、小鷹《こたか》がのぞいた。

「おう、小鷹か。首尾《しゅび》はどうじゃ？」

小鷹はにやりと笑ってふところから古びた錦《にしき》の布《ぬの》に包まれた細長いものをさし出した。

「でかしたぞ。これが欲《ほ》しかったものじゃ。」

「小鷹さん、それでは小鷹さんが……？　どうやって倉の中に入ったのですか？」

「高床式《たかゆかしき》の床下からでさあ。お頭のお指図でね。」

夜露にはどう考えてもわからなかった。佐はすでにいつもの口調にもどり、ちょっと面《めん》倒《どう》くさそうに、

「だからさ、正倉院に入《はい》りこんだ泥棒《どろぼう》を捕《つか》まえたって言ったろう？　当然どっから入った

か聞いたのさ。高床式の床のある部分の板がずらせるってことを……。」

ああ……わかった！

「じゃあ仲間が番兵たちをあちこち引きまわしていた間に小鷹さんが……？」

「そう、床下から中に入りこんで、お頭の教えてくれた唐櫃《からびつ》の中からこれをいただいてきたってわけさ。」

小鷹が自慢《じまん》げに肩《かた》をそびやかす。佐《すけ》は大事そうに獲物《えもの》をしまいこみ、

「まあ、俺《おれ》の役目としてはだな。小鷹の仕事から連中の目をそらすためにあのネズミを袖《そで》の中にかくして持っていって、ころや良しという時にぽっとり床《ゆか》に落としてさ。『やや……！　こんなところに……！』ってな。今ごろは坊主《ぼうず》ども、大あわてでネズミ穴《あな》を探《さが》していることだろうさ。」

一行は先ほど祈《いの》りをささげた場所までもどってくると、佐はふたたび倉《くら》にむかって拝礼《はいれい》し、酒、米、塩をその場にふりまいて道具を片《かた》づけさせた。

ふたたび牛車《ぎっしゃ》に揺《ゆ》られながら、夜露はもうひとつのことを思い出した。

「あのネズミ、どうやって調達したのですか?」

「もちろん京から持ってきたのさ。車の中にかくして。ぎゃあぎゃあ騒《さわ》ぐと思ってだまってたけど、お前の座《すわ》ってたとこのうしろにさ。」

夜露の眉《まゆ》がすさまじい勢《いきお》いでつり上がった。

「佐殿《すけどの》……! この……!」

ふりおろされた扇子《せんす》を首をすくめてかわしながら、佐は笑って、

「良いではないか。それでうまく行ったんだから。これからはあの坊主《ぼうず》どもも大事なお宝《たから》や経典《きょうてん》を、ネズミにかじられぬよういっそう気をつけるようになるだろうし。」

まだ気味悪げにそのあたりをにらみつけ、座《ざ》を取りかえろ、と佐をこづきながら、

「……で、なにを盗《ぬす》んだのですって?」

古びた、それでも元は立派《りっぱ》な色《いろ》あざやかな錦《にしき》であったであろう布《ぬの》にくるまれた……

「刀……? 笛ですか?」

「天下の国宝《こくほう》、『彫石横笛《ちょうせきおうてき》』を拝借《はいしゃく》してきた。」

「彫石……というと、石の笛なのですか?」

「うむ、どんな由来かは知らぬが石に花鳥《かちょう》の彫刻《ちょうこく》がほどこしてある。どんな音がするものかは知らん。だいたい、鳴ると思うか?」

「笛の形をしていれば音は出るはずですけど。石の笛は神事に使うものだと聞いたことがあります。きっといにしえの神降《かみお》ろしなどに用いたのかもしれませんね。」

「ふうん、それはおもしろいな。とにかくこれが役立ってくれるのはまちがいない。」

それをどう使うのか、左大臣屋敷《さだいじんやしき》への襲撃《しゅうげき》にどう関わるのか、しつこくたずねる夜露を佐《すけ》はまたまた笑いながら、

「まあまあ、お楽しみに。」

と受け流し、

「あの勅書《ちょくしょ》も帝《みかど》のご署名《しょめい》も偽物《にせもの》だったのでしょう?」

という質問《しつもん》にも、

「さて……どうかな? 帝のお手蹟《て》などだれも拝《おが》んだことなどないからな。」

と言うと、さもうるさげに手をふって、

「たまにせよ正式な格好《かっこう》はきゅうくつでたまらん。俺《おれ》は疲《つか》れた。寝《ね》る。」

大あくびをすると長くなって寝《ね》てしまった。秋の早い夕暮《ゆうぐ》れがせまり、あざやかな夕焼けの空に白い月と寺々の屋根や塔《とう》が黒い影《かげ》となってならんで見える。道は平らかに続き、ごとごとと牛車《ぎっしゃ》は京へともどっていく。

佐《すけ》の、眠《ねむ》っている間だけはぎゅっとしかめられた眉間《みけん》をのぞきこみながら、夜露はなぜ佐がそんな国宝《こくほう》のありかを知っていたのかを不思議に思った。だいたい正倉院にどういう宝《たから》が納《おさ》められているか知っている者など、そうはいないはず……。

——この、検非違使《けびいし》の佐《すけ》、橘基忠とはいったいどういう人間なのだろう——夜露はあらためて思った。……そうして自分はこの男のことをなにひとつ知らないのだ……ということも。

十四　異形《いぎょう》

京へもどったふたりは、左大臣邸《さだいじんてい》を襲《おそ》うための計画を練った。本業の夜盗《やとう》もしばらくは取りやめ、夜ごと部屋に籠《こ》もって意見を出しあった。

「当面の問題は屋敷《やしき》の警戒《けいかい》を解《と》く、ないしは軽くすることだな。五人もの門番を内部の者に気づかれずに倒《たお》すのは不可能《ふかのう》だ。」

あれこれと考えたが、どうも名案はうかんでこなかった。

夜露《よつゆ》は気分転換《きぶんてんかん》にと、イサ親子の差しかけ小屋をたずねた。親子とはあれ以来親しくなって、時々ふたりに会いに行くようになっていたのである。ひとりっ子の夜露にとってイサは弟のようにかわいく、イサも「お兄ちゃん、お兄ちゃん。」と慕《した》ってくれる。母親の玉女《たまめ》も心根のやさしい女で、こちらは姉のように感じていた。

今日は奈良土産《ならみやげ》の柿《かき》をひと枝《えだ》持ってきた。大和路《やまとじ》の帰り道、長々と寝《ね》そべっている佐の横で退屈《たいくつ》まぎれに長物見《ながものみ》から首を出して景色をながめていた夜露が、野原の中に実をたわわにつけた柿の木を見つけ、

「あの赤い木の実はなんですか？　とても綺麗《きれい》。*柑子《こうじ》ですか？」

牛車《ぎっしゃ》の横を護衛《ごえい》ふうに馬でつきそう仲間に聞いた。都の姫《ひめ》さま育《そだ》ちの夜露はもちろん実や干《ほ》したものは口にしたが、木になっているところなど見たことがなかったのである。それはムササビという仲間だったが、

「お前、柿を知らぬのか？　どんだけ育ちが良いんだ？」

と言うと走っていって、そらよ、渋柿《しぶがき》じゃないと思うぜ、と、ひと枝折って持ってきてくれたのである。

それを親子への土産としていっしょに食べようと思い、

「玉女さん、こんにちは。」

「若《わか》さま、おいでなされませ。まあ、みごとな柿！」

「イサにあげようと思って。今日はイサは？」

いつもは夜露が来ると「お兄ちゃん、お兄ちゃん。」と言って飛びだしてきてまとわりつくのに今日は静かだ。

「さっきまでそこらにいたのですけど、ちょっと探《さが》しにいってまいりましょう。若《わか》さまはどうぞ先に中にお入りになって、お休みください。」

「はい。」

夜露は入り口の莚《むしろ》を引きあげて、ひんやりとした中に入った。明るい場所からいきなり暗い所にうつり、一瞬《いっしゅん》目の前が真っ暗になった。そのまま目が慣《な》れるのを待っていると、小屋の奥《おく》の暗がりになにやらぼうっと光るものがうかんでいる。「……?」と、目を凝《こ》らすと……そこには、なんと……!

「うわあああーっ!」

次の瞬間、夜露は自分のものとも思えない悲鳴をあげていた。奥の暗がりの高みからこちらをにらんでいるのが、この世のものとも思えぬ巨大《きょだい》な鬼《おに》の顔だったからである。逆《さか》立《だ》った黄色い髪《かみ》、ガッと牙《きば》の生えた耳まで裂《さ》けた口を開け、燐光《りんこう》を発する大きな目がこちらをぎょろりと見すえている。

*柑子《こうじ》――みかん

「おっ……鬼《おに》！　……たっ、助けて……！」

と、叫《さけ》ぼうとしたが声にならない。それどころか情《なさ》けないことに足に力がはいらず、その場にペタンと座《すわ》りこんでしまった。腰《こし》がぬけてしまったのである。鬼はそれを見てぐねぐねと妙《みょう》な動きをしながらこちらに迫《せま》ってくる。

「キャーッ！　来ないで！　いやーっ！」

もう恐怖《きょうふ》で、体も動かない夜露はそのまま這《は》いずって入り口のほうににげる……と、

「若《わか》さま、どうなさったのですか？」

「……た、玉女さん！　お、鬼！　鬼が、そこに！」

「えっ？　鬼でございますか？」

と、玉女もおどろいて中をのぞく。すぐそこまで迫《せま》ってきた鬼が、

「ばあー。鬼じゃぞー！」

「……!?」

「こらっ！　このいたずらっ子！」

なあんだ、という顔で小屋の暗がりに手をつっこんで玉女がひっぱりだしたのは、大き

な桐《きり》の落ち葉で作った鬼《おに》の面をかぶったイサだった。肩《かた》の上にアカを乗っけて布《ぬの》をかぶり、髪《かみ》の毛《け》にはすすきの穂《ほ》を束ねて逆《さか》だて、ごていねいにアカの頭には竹の子を代用した角までつけている。まだ心臓《しんぞう》のドキドキがおさまらない夜露は、

「……えーっ⁉　イサだったのか？　もう……怖《こわ》かった！　私《わたし》は命が縮《ちぢ》むかと思ったよ！」

「イサ！　この子はもう、若《わか》さまになんというイたずらを！」

「ごめんよう、だってはじゃだと思ったんだもん。」

「きのうからこそこそとなにか作っていたと思ったら、こんなものを？」

イサはじゃをびっくりさせようとしたのに叱《しか》られてしゅんとしている。夜露も今まで数々の修羅場《しゅらば》をくぐりぬけてきて、しかも自らが鬼になると豪語《ごうご》してきた自分がこんなもので腰《こし》をぬかし、女の子みたいに悲鳴をあげるとは情《なさ》けない、と、がっくりしていた。

玉女は先ほどの夜露の取《と》り乱《みだ》しようがよほどおかしかったのだろう、クスクス笑いながら、

「おゆるしくださいませ。でも、若さまのようなお強いお方でもやっぱり鬼は怖《こわ》いのかと

思いますと……。」

「お恥《は》ずかしい……鬼《おに》などいないと思っていたのだが、やっぱり目《ま》の当たりにすると……。うーん……いや、なんだかふつうの怖《こわ》さとちがうんだ。鬼って、なんだか得体の知れないものだから……かなあ？　玉女さんは怖くないのかい？」

「まあ、鬼が怖くない人なんていませんよ。今だって一条《いちじょう》の橋には鬼女《きじょ》が出るといって、夜にはだれも近づかないくらいですもの。……それに……去年だったか、どこだかのお姫《ひめ》さまが鬼にさらわれて喰《く》われたって話もありましたし……。」

……あら？　それはもしかしたら私《わたし》のことだわ。夜露はちょっと赤面してしまった。

……へーえ、私が狭霧丸にさらわれたのって、そういうお話になってるんだわ。鬼なんかいやしないのに。うーん、玉女さんの誤解《ごかい》を解《と》きたいとこだけど……、まさか私がその鬼に喰われた本人です、って名のるわけにもいかないし……。でも……鬼……ねえ。

「……うん！　これは……使えるかも！」

その晩《ばん》、夜露は佐《すけ》に聞いてみた。

「佐殿《すけどの》。私《わたし》が鬼にさらわれて喰《く》われたという話はけっこう有名ですか？」

「ああ、まあな、俺《おれ》のしわざだが都合の良いことにそうなってるようだ。それがどうしたんだ？」

「実はちょっと思いついたことがあるのです。それは……。」

夜露の話に狭霧丸《さぎりまる》がにったりとうなずいたのは、京の山々も寺々も赤や黄色の紅葉《もみじ》の錦《にしき》をまとい、吹《ふ》く風もめっきりと冷たくなってきたある日のことであった。

そのころからであったろうか、京の都に奇妙《きみょう》なうわさがささやかれるようになったのは。

市中に鬼が出たというのである。

事の初めは霜月《しもつき》の半ばのことである。丹後《たんご》の国《くに》の商人が京でひと儲《もう》けしようと国を出た。

夕刻《ゆうこく》までに都に入ろうと大江道《おおえみち》を急いでいたのだが、さまざまな手《て》ちがいから、京の入り口である老《おい》の坂《さか》あたりまでたどり着いたのは、すでに子《ね》の刻（午前零《れい》時）をすぎたころであった。

どこかで宿を求めれば良かったのだが、体力盛《ざか》りの男は、ええい、ここまで来たら夜じゅう歩き通して都に入ってしまおう、と考えたのである。糸のような赤い三日月がかかるだけの星も見えぬ夜で、あたりは一面の枯《か》れすすきの原、男のほかに道をたどる者もない。

男は気が急《せ》いているものの、足のほうがどうにも言うことをきかぬ。よりかかって休める大木でもないかと、たよりない月光を透《す》かし見るとすこし先に古びたお堂があった。縁《えん》先《さき》だけでもありがたいと座《すわ》りこんだ。ほんのすこしと思ったのが疲《つか》れが出たのか、ついつい眠《ねむ》りこんでしまった。どのくらいそうしていたのか、早う起きて先を急がねばと、心ばかりが目覚めていたのだが体が動かない。

……と、どん、がしゃん、どん、がしゃん、となにか重いものを地面に打ちつけながら、なにかが道を近づいてくるようすである。いったいだれが？　いや、何者にせよこの時間を思えばまともな者ではあるまい。男は疲れも忘《わす》れて飛びおきると、急いでお堂の中にかくれた。

どん！　がしゃん！　どん！　がしゃん！　音がだんだんと近づいてくる。男はお堂の破《やぶ》れ格子《ごうし》から、目ばかりのぞかせて表を見ていた。

果たせるかな、それは二十ばかりの異形《いぎょう》の群《む》れであった。手に手に金棒《かなぼう》を持ち松明《たいまつ》のあかりに照らしだされたその姿《すがた》に、男は「あっ……！」と息をのんだ。それはまさしく鬼《おに》の一行であった。地響《じひび》く音はその金棒を地に打ちつける音だったのだ。

身《み》の丈《たけ》は六尺《しゃく》（約一・八メートル）あまり、髪《かみ》の毛《け》はさまざまな色をしており、かつ逆《さか》立《だ》っている。目はランランと光り、一本角の者もいれば二本、額《ひたい》から三本目をつきだしているやつもいる。ボロボロの行者服を着た者、半裸《はんら》に獣《けもの》の毛皮をひっかけた者。それがなにやら口々に吠《ほ》えながら近づいてくる。男はもう恐《おそ》ろしくて這《は》うようにしてお堂のご本尊《ほんぞん》のうしろにかくれた。

鬼どもはそのままお堂を行きすぎるかと思われたが、なかの一匹《ぴき》がお堂の前でピタリと足を止めた。そいつはふんふんとまわりの匂《にお》いをかぐと、〝ぐおう！〟と吠えて、

「ここには人間の匂いがするわえ。取って喰《く》らうとしようず！」

するとほかの鬼《おに》どももいっせいにざわめきだし、口々に吠《ほ》えながらどすどすと地響きをたてて、お堂のまわりをぐるぐると回りはじめた。

男はもう生きた心地《ここち》もなく、お堂の中にとうに見捨《みす》てられ、お顔も判別《はんべつ》できぬご本尊《ほんぞん》さまにしがみついた。がくがくと震《ふる》えながら、

「南無阿弥陀仏《なむあみだぶつ》、南無阿弥陀仏……仏《ほとけ》さま、お助けを……。」

念仏《ねんぶつ》を唱えるしかなかった。するとそのご利益《りやく》か、偶然《ぐうぜん》に夜明けが近い時間だったのか、どこかで一羽《わ》のニワトリが時の声をつくるのが聞こえた。そのとたん、鬼どもの動きがぴたりと止まった。

「おのれ、口惜《くちお》しや！　朝じゃ！」

「朝には我《われ》らは居《お》られじ！　口惜しや、喰《く》いそこのうた！」

そう言う声がだんだんに小さくなっていき、ついにはなんの音も聞かれぬようになった。男が恐《おそ》る恐《おそ》る外へ出てみると、そこにはなんの姿《すがた》も見えず、すすきの原に白々と夜が明けるところであった。男は大声でわめきながら人里の一軒《けん》に助けを求め……。

それが皮切りであった。それからは京のあちこちで「一条戻橋《いちじょうもどりばし》で鬼を見た。」、「羅城《らじょう》

門《もん》の上の楼《ろう》に鬼火《おにび》が燃《も》えているのを見た。」などとうわさがうわさをよび膨《ふく》れあがっていった。こうなると検非違使《けびいし》どもがうわさしていた神泉苑《しんせんえん》で鬼に遭《あ》った若殿《わかとの》の話や、先年鬼にさらわれて喰《く》われたという中納言《ちゅうなごん》の姫君《ひめぎみ》の話なども復活《ふっかつ》して、夜の京の町を歩く者はだれもいなくなった。

人々は日暮《ひぐ》れとともに戸も窓《まど》もぴったりと閉《と》ざして、百鬼夜行《ひゃっきやぎょう》に遭わぬように閉《と》じこもるようになってしまった。

時の権力者《けんりょくしゃ》である左大臣《さだいじん》にもこの「鬼《おに》のうわさ」は届《とど》いたが、左大臣は鬼の存在《そんざい》など信じていなかったので一笑《いっしょう》に付した。しかし日のあるうちから人通りがたえ、市が店じまいしてしまうためにあかりも消えはてた都のありさま。左大臣家にお出入りする貴族《きぞく》たちも夜は外出を避《さ》けるなどして会合もできぬとあって、都の経済《けいざい》や政《まつりごと》に差しさわりが出るのを大臣として放っておくわけにもいかない。

そこで左大臣はその年の*大歳《おおとし》の*追儺《ついな》をあちこちの寺社で盛大《せいだい》にもよおさせ、自宅《じたく》の守りもすこしゆるめて自身が鬼など恐《おそ》れてはいないということを誇示《こじ》してみせた。そして息

*大歳《おおとし》——大みそか　*追儺《ついな》——鬼《おに》を追い払う儀式《ぎしき》。宮中、社寺、民間の年中行事だった

子ども（蔵人《くろうど》の少将《しょうしょう》をふくめ三人ほどいた。）をよびよせて、鬼など恐れずに堂々と夜歩きせよ、と言いわたした。

しかし長男の蔵人の少将だけはうかぬ顔で、夜歩きなどは当分すまい、と思っていた。というのも、あの以前ちょっと手を出した中納言《ちゅうなごん》の姫《ひめ》が鬼《おに》に喰《く》われて死んだという話が、いまだに恐《おそ》ろしかったからである。

「うんうん、こうでなければならぬ。」

狭霧丸がにこにこと笑ってうなずいている。

「なんだかわからねえが、お頭。それなら俺《おれ》たちもわざわざ老の坂まで出張《でば》って、あの臭《くさ》い馬の尾《お》の毛を頭に乗っけたかいがありましたぜ。」

不動《ふどう》が笑いながらうしろから声をかける。昼間の左大臣邸《さだいじんてい》が見わたせる木立の中である。

「すみませんでした。仕事でもないのにみんなに妙《みょう》なことをお願いして。」

ありがとうございました、と夜露が頭を下げる。

「なんの。張《は》り子《こ》の角をつけて金棒《かなぼう》をついて歩くのもわしらにはおもしろき遊行《ゆぎょう》だったぞよ。まさか仏道《ぶつどう》を歩む身が鬼道《きどう》をも、とは思わなんだが。なかなかにありがたき仏縁《ぶつえん》であった。南無、南無……。」

と答えたのは大善坊《だいぜんぼう》である。

「坊さまが一番、鬼《おに》がにあっておったぞよ。」

「おお、わめき声もいっそうすさまじゅうて、のう。」

と、一同ワイワイとふざけあっている。

「それにしても、左大臣《さだいじん》さまが鬼のうわさでますますご用心なさるかと思ったのに意外でした。」

「なにしろあの『普賢菩薩《ふげんぼさつ》のお乗りもの』は、気の強いお人だからな。」

学びの神様、普賢菩薩は六本の牙《きば》をもった白い象《ぞう》に乗ったお姿《すがた》で表される。それが左大臣に……似《に》ているって？

「左大臣さまが……白象《びゃくぞう》さま？　それは仏《ほとけ》さまと霊獣《れいじゅう》に失礼なのでは？　あのようなお方が……！」

「まあな、そっくりなのだ、見た目が。中身は大ちがいのいばりん坊で自信家だから、おそらく鬼《おに》のうわさにも、逆《ぎゃく》に強いところを見せつけるはずだと思ってな。案の定、門衛《もんえい》の数が減《へ》った。あれならなんとかなる。」

夜露も昼間は開けはなたれ、ただふたりの門衛が立つ大門《おおもん》を見てうなずきながら、

「……でも、左大臣《さだいじん》さまが白象《びゃくぞう》さまって……ずいぶんくわしい……？　もしかしたらお頭、……ご自分で左大臣さまをごらんになったことがあるのですか？」

狭霧丸は目線をつーっとそらせると、

「……いや、まさか！　聞いた話だ。」

夜露はその答えになんだかうさんくさいものを感じたが、「引き上げるぞ。」と言う仲間の声にしたがった。

十五　襲撃《しゅうげき》

やがて濃紺《のうこん》の夜空に如月《きさらぎ》の受け月がかかるころ、夜露《よつゆ》と佐《すけ》は何度となく『黒鵺《こくう》』のありかについて検討《けんとう》しあった。厳重《げんじゅう》に蔵《くら》にしまいこんであるのか、それとも主人の住まいである寝殿《しんでん》か、とにかく広大な敷地《しきち》に多くの建物が建《た》ちならぶ大御殿《だいごてん》である。むやみに探《さが》しまわるひまはないし、襲撃は二度はできない。一回に賭《か》けるのみだ。

「あの時の笛は、蔵人《くろうど》の少将《しょうしょう》が吹《ふ》いたものにちがいありません。笛はまだ少将の手元にあると思うわ。」

「……だな。いずれ折を見て帝《みかど》に献上《けんじょう》するつもりなのだろう。息子の少将が偶然《ぐうぜん》にお探《さが》しの笛を見つけまして、とか言って……とにかくその前にやる！」

しかし少将の居間《いま》はどこにあるのか、寝殿の一画、北の対屋《たいのや》、東の対屋。あのとき笛を聞いたのは屋敷《やしき》のどこにあたるのか？　どこにしろそこへたどり着くには随身所《ずいじんどころ》、蔵人所《くろうどどころ》など衛士《えじ》、私兵《しへい》の侍《さむらい》がごっそりいるところをぬけねばならない。ふたりは綿密《めんみつ》に手はずをととのえた。最後に佐《すけ》は、狭霧丸《さぎりまる》の目で夜露を見つめた。

「……お前、本気なのだな？　これで決して後悔《こうかい》はしないのだな？」

夜露は内心、襲撃《しゅうげき》に失敗したならあのイサ親子にももう会えないのだと思うとさびしくもあったが、それでもたじろがぬ眼差《まなざ》しで見返すと、口にはわずかに微笑《ほほえ》みをうかべてこう返した。

「無論《むろん》です。あなたこそ良いのですか？　なんの関係もない赤の他人の私《わたし》のために命を無《む》駄《だ》にするかもしれません。」

狭霧丸もかすかに口《くち》の端《はし》に笑みを刻《きざ》んだ。

「お前のためだけではない。俺《おれ》には俺の思惑《おもわく》がある。……そのための仕事だ。」

……狭霧丸の思惑？　いったいそれは……？　夜露はたずねようとしたが狭霧丸はすでに立ち上がり、外の闇《やみ》に姿《すがた》を消していた。

数日後、狭霧丸はひさびさに一党《いっとう》の者たちを集散場所のあき寺に集めた。三々五々集まってきた者たちはおよそ三十名である。

「五日ののち、新月の夜、左大臣屋敷《さだいじんやしき》を襲《おそ》う。」

一同にどよめきが走った。さらに狭霧丸は一同めいめいの前に砂金《さきん》の詰《つ》まった袋《ふくろ》を置き、静かにこう言いわたした。

「狭霧丸の一党はこの仕事を最後とする。」

一同は息をのんだ。狭霧丸はそのひとりひとりを見わたすと、

「当日、屋敷内ではいっさい口をきいてはならぬ。また、いっさい盗《ぬす》みは働かぬ。ただ俺《おれ》とこの夜露を守り、屋敷の奥《おく》まで入れてもらいたい。たやすいことではない。左大臣は大《おお》勢《ぜい》の私兵《しへい》をかかえている。今までよりもずっと相手は強く数も多い。戦《いくさ》になるだろう。ゆえに、今までのように戦闘力《せんとうりょく》を奪《うば》うのみならず、やむをえなければ殺せ。自分の命を守るのじゃ。俺たちふたりが消えたのちは、おのおの脱出《だっしゅつ》しにげうせよ。そののち我《われ》らが再《ふた》び会うことはあるまい。」

そしてこうつけくわえた。

「これに賛同《さんどう》せぬ者は、今この場から立ちさってかまわぬ。とがめはせぬ。」

だれも立ち上がらなかった。一同はしんと静まって頭の言葉を聞いていた。大善坊《だいぜんぼう》があごをさすりながら口を開いた。

「……ではお頭、あの寺での施《ほどこ》しはできなくなるのじゃな?」

狭霧丸はにっと笑うと、

「大善坊よ、そのあかつきにはあの寺がいらなくなると思ってほしい。」

それを聞いて大善坊はうれしげに坊主頭《ぼうずあたま》をぴしゃぴしゃとたたきながら、

「承知《しょうち》した。お頭よ、その日が楽しみじゃ。しかしこまったのう、そうなると愚僧《ぐそう》の仕事も無《の》うなってしまうのう。わしはどうすれば良いのじゃ?」

「おとなしく大和《やまと》の寺にもどって仏道修行《ぶつどうしゅぎょう》にはげむのじゃ。正倉院《しょうそういん》の番僧《ばんそう》などいかがかな? ……さて、小鷹《こたか》よ。用意のものを。」

「は……。」

と答えて小鷹が一同の前に広げたのは左大臣邸《さだいじんてい》の見取り図であった。夜露は一同の前にあらたまって、手をつき、

「よろしくたのみまする。」
と頭を下げた。

新月の夜がきた。しみ入るような冷気が満ち、風はそよともない。都は冬の静けさの中に寝静《ねしず》まり、ただすさまじいばかりの星ぼしが漆黒《しっこく》の天空にまたたき、銀河《ぎんが》がくっきりと天空に、かかっている。

その星あかりの下、しんとして音もない西洞院大路《にしのとういんおおじ》をひたひたと三十人の盗賊《とうぞく》の群《む》れが影《かげ》のように動き流れてくる。それぞれ黒の直垂《ひたたれ》に袴《はかま》の股立《ももだ》ちをとり、胴丸《どうまる》をつけ、太刀《たち》を佩《は》いた完全武装《かんぜんぶそう》に身をかためている。手鉾《てぼこ》や小弓《こゆみ》を持つ者もいる。黒覆面《くろふくめん》でかくれているが、みな夜露も知っている者たちである。いずれも食いつめて行《ゆ》き倒《だお》れになっていたのを佐《すけ》に救われた者や、無実の罪《つみ》で刑《けい》を受けたのを佐ににがしてもらい、*放免《ほうめん》となった者など、みな佐に命をささげる覚悟《かくご》の者たちなのだ。夜露はその中のだれひとりも命を失いませんようにと祈《いの》っていた。

音もなく水のように流れる影は、やがて左大臣邸《さだいじんてい》門前の、あかりが届《とど》かぬ所でぴたりと

*放免《ほうめん》——検非違使《けびいし》庁《ちょう》の下役

止まった。正面の篝火《かがりび》に照らし出された大門《おおもん》はゆうに二台の牛車《ぎっしゃ》が同時に出入りできるほどであり、その奥《おく》に薄《うす》く煙《けむ》る銀河《ぎんが》を背負《せお》い、黒く影《かげ》となってうかびあがった屋根の巨大《きょだい》さ。——やっぱり自分は無謀《むぼう》なことをしようとしているのではないか？　あんな強大な力を持った権力者《けんりょくしゃ》に自分が敵《かな》うなどと、どうして思ったのだろう——そう思うと夜露は身ぶるいがきて、止まらなくなってしまった。

「大丈夫《だいじょうぶ》だ。俺《おれ》のそばから離《はな》れるな。」

かたわらから穏《おだ》やかで力強い狭霧丸の声が聞こえる。

「なあに、あの御殿《ごてん》におすまいなのは、『普賢菩薩《ふげんぼさつ》さまのお乗りもの』だ。恐《おそ》れるに足りぬ。」

夜露は白い象が直衣《のうし》を着て脇息《きょうそく》にもたれているのが頭にうかび、吹《ふ》きだしそうなった。ふっと気がゆるんだ。それに今夜は思ったとおり門衛《もんえい》の数が減《へ》っている。

ふたりは三十人の先頭に立った。今宵《こよい》は音声もなくおしいる計画である。頭目《とうもく》が低く、

「良いな。」

とささやくと、おし殺した「応《おう》。」の声が群《む》れからあがる。あたりに人影《ひとかげ》がないのをたし

かめると、ひとりが「ホウ……。」と梟《ふくろう》の声をまねる。

それを合図に、門をはさんだ築地塀《ついじべい》の上に人影《ひとかげ》がうかびあがった。左右に分かれたふたつの影は、音もなく門衛《もんえい》のうしろに飛《と》び降《お》りるや襲《おそ》いかかる。声もたてずに屈強《くっきょう》な侍《さむらい》が倒《たお》れると一党《いっとう》の者たちがかけより、仲間を塀《へい》の上におしあげ侵入《しんにゅう》をはたす。

たちまち内側から「何者じゃ!?」、「曲者《くせもの》！」と声があがり、大勢《おおぜい》の番兵が鎧《よろい》の音をたてながらいっせいに飛びだしてくるようすである。乱闘《らんとう》の中、門を確保《かくほ》した仲間が内側からかんぬきをはずすと、一党は無言で狭霧丸と夜露を中にかこみ、ひと塊《かたまり》となってそのまま奥《おく》に進む。

立ちならぶ館の細殿《ほそどの》から、わらわらと侍、郎党《ろうどう》が湧《わ》いてでて、「みな出会え！」「篝火《かがりび》をたけ。松明《たいまつ》を持て！」と叫《さけ》びながら襲いかかってくる。塊の外側の者たちは私兵《しへい》と斬《き》り結《むす》んだ。闇《やみ》の中に白刃《はくじん》が打ちあう火花が飛びちり、放たれた矢を刀で切りはらい手鉾《てぼこ》をふるいながら、一同はじりじりと進む。悲鳴、怒号《どごう》、血の匂《にお》い……塊の中にいる夜露は男たちにおされ、もまれて、いく度《たび》も足がもつれそうになった。

やがて屋敷中《やしきじゅう》に松明や篝火がたかれ、賊《ぞく》の群《む》れと左大臣邸《さだいじんてい》の全貌《ぜんぼう》をあかあかと照らしだした。なんと広大な屋敷であったろう。帝《みかど》の御所《ごしょ》と見まごう巨大《きょだい》な寝殿《しんでん》をかこみ、いくつもの対屋《たいのや》が細殿《ほそどの》でつらなり、目的地ははるか遠くに思えた。もしかするとたどり着く前にみなが倒《たお》れてしまうかもしれない。吐《は》き気《け》がするほど気持ちだけがあせり、危《あや》うく転びかけた夜露を、狭霧丸がしっかりと抱《だ》きとめる。ふり仰《あお》ぐと狭霧丸がぎょろりと目をまわし、

「大丈夫《だいじょうぶ》だ。〝びっくりお目目〟。」

と、片目《かため》をつむって見せた。大きな体にすっぽりと包まれると、なんだか温かい力が、体の中から湧《わ》いてくるのを感じた。

屋根の上から弓を射《い》かけてくる敵《てき》を、仲間が小弓《こゆみ》で何人か射落とし戦力をそいだ。こうして実戦にたけた夜盗《やとう》の群《む》れは、戦いつつ奥《おく》へ奥へと進んだ。寝殿と対屋の接《せっ》するあたりに着くころ、狭霧丸の手が夜露の手をしっかりと握《にぎ》った。これから先はふたりだけで進むのだ。

「行くぞ!」

夜露は大きくうなずいた。

「お頭、これを！」

ムササビと不動《ふどう》が、担《かつ》いできた、ぐるぐると布《ぬの》をまきつけた長いものをさし出した。狭霧丸は、うむ、と受けとると、

「一党《いっとう》の者はこれにて散開《さんかい》せよ。ばらばらになってにげのびよ。みな、命を落とすな。」

「お頭こそ。夜露、首尾《しゅび》を祈《いの》るぞ。俺《おれ》たちは敵《てき》を引きつけながらにげるからな。」

夜露はもう「ありがとう。」と声をつまらせて言うのがやっとだった。

「お頭、これにて！」

「応《おう》！」

手下どもが四散して敵を引きつけ、騒《さわ》ぎを起こしつつ脱出《だっしゅつ》にかかるのを見届《みとど》けると、夜露と狭霧丸は荷を抱《かか》えた。そのままひらりと縁《えん》に飛びあがり、遣《や》り水《みず》にそって走りはじめる。郎党《ろうどう》どももにげる仲間を追っているのか、ここは無人である。きっちりと格子《こうし》を閉《と》ざした御殿《ごてん》の表廊下《おもてろうか》を足音も立てずに奥《おく》へとむかう。

軒《のき》から下げられた釣《つ》り灯籠《どうろう》のあかりが道しるべのように続いている。つきあたりの東北の対屋《たいのや》の妻戸《つまど》をそっと開いて、ふたりはするりと中に忍《しの》びこんだ。

十六　復讐《ふくしゅう》

蔵人《くろうど》の少将《しょうしょう》は屋敷内《やしきない》の奥深《おくぶか》い東北の対屋《たいのや》の一室で、心地よい眠《ねむ》りから目を覚ました。父親の愛情《あいじょう》深いこの惣領息子《そうりょうむすこ》は、この対屋一軒《けん》をまるまる自分のものとして気ままにくらしているのである。広大な邸内《ていない》のここまでは表の捕《と》りもの騒《さわ》ぎは聞こえてこない。しんとした室内にはあかりを落とした燈台《とうだい》が静かに灯《とも》されているだけである。

「……なんだって目が覚めたのかな。ちょっと深酒をしすぎたか……？　おい、水を持ってきてくれよ。」

そう言ってかたわらに眠っていた若《わか》い女房《にょうぼう》をゆすり起こした。女は眠たげであったが、はい、と答えて寝乱《ねみだ》れた姿《すがた》をつくろいながら起きあがった。

燈台の芯《しん》をかきたてて、高価《こうか》な*玻璃《はり》の水さしに手を伸《の》ばす。燈台の火が大きく揺《ゆ》れて、それにつれて室内の調度類の影《かげ》も大きく伸《の》び縮《ちぢ》みしている。ふと目をあげた女が笛のような悲鳴をあげた。

「どうしたのだ。妙《みょう》な声を立てるな。」

面倒《めんどう》くさそうに少将《しょうしょう》がふりむく。

「あっ……あそこの隅《すみ》に……だれか……なにかが！」

「ばかばかしい、なにを言うのだ。この警戒厳重《けいかいげんじゅう》な左大臣《さだいじん》の家で……何者が侵入《しんにゅう》できるというのだ？」

言いながら女が指さすほうを見ると、ゆらゆらと揺《ゆ》らぐ物の影《かげ》が一段《いちだん》と暗く思えてくる。現代《げんだい》とはちがい、窓《まど》もない寝殿造《しんでんづく》りでは格子《こうし》を降《お》ろしてしまうと、屋内の闇《やみ》はまさに鼻をつままれてもわからないほどに深い。

ついでに言うと、現代のような天井板《てんじょういた》というものもない。屋根裏《やねうら》まで太い梁《はり》や柱がむき出しになっていて、もちろんあかりの届《とど》かない上のほうは真っ暗闇である。それにしてもその隅の闇そのものが伸び縮みしながら動いているように見えるのは気のせいだろうか？

＊玻璃《はり》――ガラス

……と、少将《しょうしょう》が見守るうちに、その闇《やみ》がぐわっと膨《ふく》れあがると、ぐんぐんと天井にむかって伸《の》びあがっていく。ぎょっとしてしりぞこうとする少将だが、その目は吸《す》いよせられたようにそのあたりから離《はな》れられない。

しかもその闇の中から、高く低く女のすすり泣きのような声さえ聞こえてくるではないか。

「だ……だれかそこにいるのか？　ここが左大臣《さだいじん》の館と知ってのろうぜきであるか！」

少将といえば武官《ぶかん》ではあるが太刀《たち》など飾《かざ》りにしか佩《は》いたことのない公達《きんだち》が、勇気をふりしぼってよびかける。すると……

「……お情《なさ》けないことを……。お見わすれでございましょうか、私《わたし》を……。」

闇の中からたしかにか細い女の声が答える。それを聞いて、かたわらの女房《にょうぼう》があっと声をあげた。

「……お姫《ひめ》さま……？　もしや今の声は……中納言《ちゅうなごん》さまの姫君さまのお声では……？」

少将はぎょっとして女を見つめた。

「な……何を言いだすのだ、茨《いばら》！　あの姫は亡《な》くなったか、行方不明《ゆくえふめい》になったか……とにかくこんな所に来るはずはなかろう！」

少将《しょうしょう》が叱《しか》りつけるが、女、茨はわなわなと震《ふる》えながらも、

「いいえ！　あの声はたしかにあのお方のものでございます。でも、不思議でございます。あのお方は鬼《おに》にさらわれて亡《な》くなられたはず……。」

このやり取りの間にも闇《やみ》はついに七、八尺《しゃく》あまりに伸《の》び、立ち上がった。

その頭とおぼしきところには二本の角のようなものが見え、燐光《りんこう》を発している。あっと見る間に、ふり乱《みだ》した髪《かみ》に、カッと見ひらかれた黄色いふたつの目、口は耳まで裂《さ》けた巨《きょ》大《だい》な鬼女《きじょ》の姿《すがた》がそこにあった。

鬼女はドンドンと大きな足音をふみとどろかせて、ふたりに迫《せま》ってくる。少将も茨もにげようとするのだが、恐怖《きょうふ》のあまり動くこともできない。鬼女は恐《おそ》ろしい声でわめいた。

「おお……！　おお……！　いかにもわれは生前、中納言《ちゅうなごん》の姫《ひめ》とよばれておったが、鬼にさらわれ喰《く》われて自らも鬼と変《へん》じたのじゃ。そこな女は茨じゃな？　さては父・中納言の笛を盗《ぬす》み、父をおとしいれたのは汝《なんじ》であろう！　おのれ！　口惜《くちお》しや……！」

鬼女はガチガチと歯《は》がみをしながらふたりのまわりをぐるぐると回って歩いた。なまぐ

さい息があたりに充満《じゅうまん》する。

「今宵《こよい》はお前たちを喰《く》ろうてやろうと、黒雲に乗りここまで来たのじゃ！　……さて……。」

女はもう真っ青になり、

「お……お姫《ひめ》さま！　おゆるしを……！　私《わたし》はこの若《わか》さまに命ぜられて、しかたなく中《ちゅう》納言《なごん》さまのお蔵《くら》から笛を持ちだしただけでございます。どうか食べるならこの方を……！」

「なにを言うのだ茨！　私だって父上の言いつけに従《したが》ったまでだ。まさかそれで中納言が死ぬとは思わなかったし……姫のことだって……！　だいたいお前こそ、あの世間知らずでぬくぬくしている姫の泣《な》きっ面《つら》が見たいとか言っていたくせに……！　だから私を手びきしたのだろう⁉」

これを聞いた鬼女《きじょ》の動きがぴたりと止まった。鬼女はおおいかぶさるように茨の顔にじいっと見いった。茨はうろたえて目をそらし、

「そんなの……！　嘘《うそ》でございますからね！　それは、私はたしかに姫さまのように恵《めぐ》ま

れたお方がねたましゅうございました。自分が身分低きただの地下《じげ》の侍女《じじょ》にすぎないことが不満だったのです。でも、この若君《わかぎみ》こそ姫《ひめ》さまをくどき落としたあとはちょっと遊んで捨《す》てるおつもりだったのでございますよ……！　私《わたし》を恋人《こいびと》にするからと言って利用したのです。悪いのはこの方です！」

……がん！　と音がして重い火桶《ひおけ》が吹《ふ》っとび、壁《かべ》に当たって転がった。鬼女《きじょ》が蹴《け》りとばしたのである。ふたりはふたたび「ひいっ。」と体をよせあった。鬼女はごろごろと喉《のど》を鳴らし、

「さてもさても、いずれも聞くにたえぬ。罪《つみ》をなすりつけあうとは獣《けだもの》以下《いか》の者どもじゃ。ともどもに地獄《じごく》の底に引きずりこんでくれよう。……まずは美味《うま》そうな女からじゃ！」

悲鳴をあげ続ける女をがっき、とつかみあげると、鬼女の体はそのまま、ぐん！　と伸《の》び、それにつれて女の体が持ちあげられた。ひぃっという悲鳴とともにもがきながら高く高く天井《てんじょう》の暗がりへと引きあげられていく。ついには女房《にょうぼう》の緋袴《ひばかま》がじたばたともがいているのが見えるだけとなった。恐怖《きょうふ》にすくみあがった少将《しょうしょう》の耳にやがて、ぎゃっ、とひ

と声聞こえたかと思うとボリボリ、ゴリリ……となにやらものを喰《く》うような音が続く。その合間にうめき声や「ああ、痛《いた》い。」などという声まで聞こえてくる。

「大変だ。茨が鬼《おに》に喰われている。」

いや、この間ににげなくては、と立ち上がった少将《しょうしょう》の膝先《ひざさき》に、ボトボトと大量の血のようなものが落ちてきた。

「ひえぇっ……！」と悲鳴をあげて少将が飛びのく。

そこへドン！　と大きな音がしてふたたび鬼女《きじょ》が降《お》りたった。血濡《ちぬ》れた口にカッと見ひらかれた妖怪《ようかい》のまなこが、ギラギラと少将をにらみつける。

「お……おゆるしを！　姫君《ひめぎみ》……どうか！　命ばかりは……！　私《わたし》が悪うございました！」

冷《ひ》や汗《あせ》びっしょりになりながら、もう生きた心地もなく念仏《ねんぶつ》まで唱えはじめたところを、鬼女の足が思いきり蹴《け》りあげた。少将はのけぞりざまにうしろにあった火桶《ひおけ》に頭を打ちつけ、気絶《きぜつ》してしまった。

鬼女はじっとだまって、しばらくの間そのまま長々とのびている少将の姿《すがた》を見ていた。

「やれやれ、少将《しょうしょう》も光源氏《ひかるげんじ》もどきに、いみじきじゃじゃ馬姫を口説いたものだ。気の毒だがこのくらいですんで幸運だとも言えるな。」

ひらりと天井《てんじょう》から狭霧丸《さぎりまる》が降《お》りてきた。夜露は鬼女《きじょ》の面をはずし、まとっていた黒い布《ぬの》と長い竹に足を乗せる横木を取りつけた、今でいう竹馬のような棒《ぼう》を放りだし、

「なにもかも理解不能《りかいふのう》なものはすべて鬼《おに》や化けもののせいにして片《かた》づける。鬼が本当にいると思いこんでいるから逆手《さかて》にとることができたのです。……本当は鬼などいません。この軽蔑《けいべつ》すべき人たちの心の中にこそ……鬼はいるのです……。」

その夜露の顔は血の気が引いて白く、唇《くちびる》は固く、ひと言ひと言をおしだすようだった。

「まったくだ。どれ、こいつは……俺《おれ》からだ！」

気絶《きぜつ》したままの少将の頭のへんをがっ、とひと蹴《け》りすると、狭霧丸は夜露をうながして梁《はり》に取りつけた滑車《かっしゃ》をたぐり、天井まで引きあげられていた茨を降《お》ろしにかかった。これまた意識《いしき》を失っている女を、灰《はい》だらけになって気絶している少将のそばに放りだして、

「……愚《おろ》かなおなごじゃ。この姫《ひめ》が悪意をもってそなたに接《せっ》したことがあったか、とくと考えてみるが良い。」

そう言うと、夜露をふり返り、

「さて……よくやった。しかえしとやらはこれで終わった。それで、気は晴れたかな？　姫君《ひめぎみ》としては……？」

夜露はしばらく考えていたがだまってかぶりをふった。

「……あれだけやれば、さぞいい気分だろうと思っていたのですけど……この人たちをたたき潰《つぶ》してやるつもりだったのに。……今は、なんだか嫌《いや》な気分なのです。……意外だけれど。なんだか自分がこの愚《おろ》かで意地悪な人たちと同じように……獣《けだもの》になったような……。しかえしするつもりだったのが、もっと汚《きたな》いものを浴びてしまったみたいな……。貴方《あなた》に手伝ってもらって果たした〝復讐《ふくしゅう》〟だったけれど、……私《わたし》、二度とだれにも、こんなことはしません。」

狭霧丸は夜露の正面にまわると、じっと夜露を見つめた。そしてゆったりとした佐《すけ》の笑顔になり、大きな手を伸《の》ばして夜露の頭をグリグリとなでた。

「それは、良いな、〝びっくりお目目〟。お前、そういうとこが良いんだよ。」

夜露は自分でも意外なことに、胸《むね》の奥《おく》が熱くなり、鼻の奥がつんとして、危《あや》うく泣きだ

しそうになってしまった。あわてて涙《なみだ》を散らすと、

「それで、笛は？」

「おお。読みどおりその二階厨子《にかいずし》にしまってあったぞ。お前がそっちで大芝居《おおしばい》をうっている間に……ほれ！」

狭霧丸がふところから取り出したのは、漆黒《しっこく》の鳥の羽にも似《に》た光沢《こうたく》をもつ、ほっそりとした一管《いっかん》の笛であった。懐《なつ》かしい……夢《ゆめ》にまで見た……。

「ああ……！　本当にこれは『黒鶫《こくう》』です！　ありがとう佐殿《すけどの》、とうとう……！」

「礼はあとで良い。なにしろこの先、にげだすほうが大事だからな。脱出口《だっしゅつぐち》の西門までびっしりと衛士《えじ》が待ちうけていると思え。では、行くぞ！」

夜露が『黒鶫』をふところ深くねじこむと、ふたりは対屋《たいのや》から飛びだした。

寝殿《しんでん》では主人の左大臣《さだいじん》がこの盗賊騒《とうぞくさわ》ぎの報告《ほうこく》を受け、起きだしてきた。まず北の対屋《たいのや》にすまう北の方や東の対屋の息子、娘《むすめ》の無事をたしかめ長男の少将《しょうしょう》をよびにやった。ところが少将はなかなかやってこない。ようすを見につかわした家司《けいし》があわててもどってく

ると、

「大変でございます。若《わか》さまがご寝所《しんじょ》で倒《たお》れておられます。」

おどろいた左大臣《さだいじん》はうわさどおりの白象《びゃくぞう》を思わせる巨体《きょたい》をもたげ、急いで息子の対屋《たいのや》まで出むくことにした。表に出たとたんに、侍《さむらい》どもが大騒《おおさわ》ぎで賊《ぞく》を追っているのに出くわしたが、家来の数がじゅうぶんなうえ賊の多くはにげ散ったとのこと。なにも盗《と》られたものはなく、捕《と》りものは時間の問題であると聞き、満足げにうなずいて東北の対屋に向かった。

寝所《しんじょ》は火桶《ひおけ》が転がったのかかすかに焦《こ》げくさい匂《にお》いがして、たしかに息子が灰《はい》まみれで倒れている。

「これ……！　いかがしたのじゃ⁉」

と、助け起こすと、息子は、はっと目を開き、

「お……鬼《おに》っ……！　鬼がでたっ……！　女が喰《く》われて……私《わたし》も喰おうと……たっ助けてっ……！　あっ⁉　頭も痛《いた》い。」

と、わけのわからないことを口ばしる。……女？　……と見るとなるほど、そばに若女《わかにょう》

房《ぼう》がひとり下着姿《すがた》でのびている。

しかし鬼《おに》など、異形《いぎょう》のものの影《かげ》かたちも無い。

「いっ……いえっ。たしかにそこに血のあとも……！」

それでは……と家司《けいし》がそのあたりを探《さが》すと、たしかにそれらしきものが見つかった。

「しかしこれは、新しいものではありませぬ。しかもおそらく人ではなく、なにかの獣《けもの》のものと思われます。」

元来鬼の存在《そんざい》など信じていない左大臣《さだいじん》であるから、この息子のたわごとは不快《ふかい》であった。しかし、何者かが侵入《しんにゅう》したかもしれぬ、とは思った。

「そなたはなにをたわけたことを申すか！　鬼などこの世にいるものか！　今衛士《えじ》どもが騒《さわ》いでおるのは、盗賊《とうぞく》がおしいったゆえじゃ！　狭霧丸とか申すけしからぬ夜盗じゃそうな。そなたの部屋は大丈夫《だいじょうぶ》か？　なにも盗《と》られはすまいな？　そうじゃ、あの笛は？」

それを聞いて少将《しょうしょう》は弾《はじ》かれたように飛びおき、部屋の二階厨子《にかいずし》を見にいった。見慣《みな》れた螺鈿《らでん》の細長い箱が人に触《ふ》れられたようすもなく、そのままに置かれてあるのを見てほっと胸《むね》をなでおろした。

「そうか。ならば良いのじゃ。盗賊《とうぞく》めもこの左大臣屋敷《さだいじんやしき》の警備《けいび》に恐《おそ》れをなして、なにも盗《ぬす》みだすことはできなかったものと見える。」

「父上、盗賊めはもはや去ったのでございましょうか？」

まだ怖々《こわごわ》とあたりを見まわしながら、少将《しょうしょう》がたずねる。情《なさ》けない息子のようすに、

「今、首領《しゅりょう》と見られる賊《ぞく》を追いつめているところじゃ。おそらく捕《つか》まるのは時間の問題であろう。天下を騒《さわ》がす大盗賊めを退治《たいじ》して、この左大臣の名声がまたまた上がることになろう。」

左大臣は、その灰《はい》だらけの顔をなんとかせい、と息子に言いおいて、足音も荒々《あらあら》しくもどっていった。

十七　帝《みかど》

そのころふたりは、衛士《えじ》と斬《き》りむすびつつ西門をめざしていた。

「やあ！　みな出あえ！　こちらじゃ！」

「そいつは首領《しゅりょう》じゃ！　討《う》ちとれ！」

やたらと矢を射《い》かけてくるなかを夜露《よつゆ》も太刀《たち》で切りはらい、かわしながら走る。狭霧丸《さぎりまる》はつきかけてくる長鉾《ながほこ》の穂先《ほさき》を切りおとし、敵《てき》の面を割《わ》る。飛びあがりざまに回転しつつ五、六人の敵を倒《たお》す。しかし敵は、後から後からきりもなく湧《わ》いてくるようだった。

「このままでは手に負えぬ！　上にあがるぞ！」

夜露は*渡殿《わたどの》の廂《ひさし》に飛びつき、くるりと反転して寝殿《しんでん》へとつながる廊《ろう》の屋根にあがる。狭霧丸も二、三人を倒し、隙《すき》をみてそれに続き、そのまま走って寝殿の屋根に飛びうつ

*渡殿《わたどの》——渡り廊下《ろうか》

る。下を衛士《えじ》どもがわめきながら追ってくるが、長鉾《ながほこ》もここまでは届《とど》かない。狭霧丸は夜露をいったん寝殿《しんでん》の大屋根に伏《ふ》せさせると、

「屋根伝いに西門へ出る。この大屋根の向こう、細殿《ほそどの》から蔵人所《くろうどどころ》の屋根を伝って行けば西門に出られる。下はあのとおり照らされているが、屋根の闇《やみ》が我《われ》らを守ってくれよう。」

言葉どおり、今や盗賊《とうぞく》討ちのためのあかりで邸内《ていない》は隈《くま》なく真昼のようにあかあかと照らしだされ、きらびやかな邸宅《ていたく》と自然の山野を模《も》したすばらしい庭園までもがうかびあがっている。

夏には涼《りょう》をとりながら宴《うたげ》をもよおす釣《つ》り殿《どの》がもうけられ、赤い太鼓橋《たいこばし》をわたした三つの中之島《なかのしま》をうかべる大池までがくっきりと見える。池は大海を模し、山野に見たてた庭を舟《ふね》でめぐりつつ公卿《くぎょう》たちが歌を詠《よ》み、楽をかなで、舟遊びに興《きょう》じるのである。それは、ふたりが立場を忘《わす》れて思わず見いってしまうほど、みごとなながめだった。

「でも……、これは多くの人々から吸《す》いあげた財《ざい》で造《つく》られたものです！」

と夜露が憤然《ふんぜん》として言いきる。狭霧丸も。

「そういうことだな。さて、今宵《こよい》は新月。下のあかりはここまでは届かぬ。星あかりでは

屋根の上までは見えぬ。さあ行くぞ！」

「わかりました！」

しかし、寝殿造《しんでんづく》りの檜皮葺《ひわだぶ》きの屋根は滑《すべ》りやすく、上のほうは急勾配《きゅうこうばい》である。いきおい低いところを走らざるをえない。半ばまで進んだところで夜露が足を滑らせた。ざあっと音を立てて屋根を滑り落ちる。

「つかまれ！　夜露！」

狭霧丸の手から黒い革《かわ》ひもが投げられ、夜露の手にからまる。滑落《かつらく》は止まったものの、夜露は体勢《たいせい》を立てなおせず、屋根の途中《とちゅう》でぶら下がったままである。狭霧丸もそのまま動くことができない。その物音に気づいた敵が、

「あそこじゃ！　盗賊《とうぞく》は寝殿の上じゃ！　高く矢を射《い》かけよ！」

と、矢を雨のように放ってくる。高く上がった矢は、今度は垂直《すいちょく》に向きを変え、落ちてくる。音もなく真上から落ちてくる矢は切りはらうことができない。体すれすれに、すとすとつきたつ矢を見て夜露も、

――もはやこれまでか。私《わたし》はここで死ぬのだ！――

と、目をつぶった。

「あきらめるな！　〝びっくりお目目〟！　こんなことでくたばってたまるか！」

狭霧丸は手をいっぱいに伸《の》ばし、夜露の手をつかんだ。そのまま立たせようとしていたが、そのとき矢の一本が狭霧丸の左肩《ひだりかた》を射《い》ぬいた。

「狭霧丸！」

「……俺《おれ》は大丈夫《だいじょうぶ》だ。……だが、お前はここから〝隠行《おんぎょう》〟を使え。後のことはわかっているな？　俺もいっしょに行くつもりであったが、これでは無理じゃ。俺のことはかまわず、お前ひとりでやり遂《と》げねばならぬ。」

「そんな……！　いやです！　あなたひとりをここに残すことはできませぬ！」

「馬鹿《ばか》を言うな。お前がこんなところで盗賊《とうぞく》として捕《つか》まえられ殺されたら、それこそ亡《な》き中納言《ちゅうなごん》さまはうかばれぬ。ひとりで行くのだ！」

どん！　と夜露をつきはなすと、そのまま狭霧丸は大きく身をおどらせて寝殿《しんでん》の屋根から飛びおりた。わあっと下から喚声《かんせい》があがった。

「狭霧丸！」

のぞきこもうとする夜露にも、

「やあ！　もうひとりあれに！」

またもや矢の雨が浴びせられる。夜露は身を伏《ふ》せると、急いで心を静め〝隠行《おんぎょう》〟に入った。

「やっ⁉　姿《すがた》が消えたぞ！」

「もうひとりも飛びおりたのか⁉」

矢の攻撃《こうげき》がやんだ。──狭霧丸、どうか無事で──と念じながら夜露は立ち上がり、大屋根の裾《すそ》をまわりこみ、館の屋根から屋根へと飛びうつりつつ、西門を目ざした。たち騒《さわ》ぐ侍《さむらい》、郎党《ろうどう》どもの間をすりぬけながら、背後《はいご》をちらりとふり返った。

涙《なみだ》で歪《ゆが》んだ視界《しかい》の中で、松明《たいまつ》のあかりが真昼さながら照らしだした寝殿《しんでん》の庭に、矢傷《やきず》を負い十重二十重《とえはたえ》の白刃《はくじん》に取りかこまれた、狭霧丸の姿を見た。

──狭霧丸！──

それが狭霧丸を見た最後だった。

左大臣邸《さだいじんてい》を辛《から》くも脱出《だっしゅつ》した夜露は西洞院大路《にしのとういんおおじ》に出ると、小路《こうじ》から小路をぬけ大内裏《だいだいり》に達した。門衛《もんえい》の立つ朱雀門《すざくもん》を〝隠行《おんぎょう》〟を使いながら通りぬける。帝《みかど》のおわす御所《ごしょ》は、この式部省《しきぶしょう》、民部省《みんぶしょう》、大極殿《だいごくでん》などの官庁街《かんちょうがい》の奥《おく》である。

ふだんから今御所とよばれる左大臣邸に詰《つ》める官僚《かんりょう》も多いこととて、真夜中にはさらに人影《ひとかげ》もない。

無人の建物から建物へと物かげに身をかくして進むが、その必要もないほど、どの建物もあかりひとつなく、衛士《えじ》の姿《すがた》もない。佐《すけ》・狭霧丸の言ったとおり、藤原摂関家《ふじわらせっかんけ》の協力、援助《えんじょ》がないというのはこれほどのことかと思うくらい、荒れが目立つ。

ふたたび〝隠行〟に入り、閉《と》ざされた建礼門《けんれいもん》の前で退屈《たいくつ》そうにほとんど居眠《いねむ》りをしている門衛の横を通りすぎる。角を曲がった目立たない嘉陽門《かようもん》のあたりの築地塀《ついじべい》がひどく崩《くず》れ、野良犬《のらいぬ》などが出入りしているという。天下の帝のおすまいとはとても思えないみすぼらしさである。

げんに数年前、盗賊《とうぞく》が御所に忍《しの》びこみ、女官《にょかん》の装束《しょうぞく》を剝《は》ぎとっていったという。

——今の自分にとって、それは心強い話だな——と苦笑《くしょう》しながら夜露はその築地の崩れから中へと入りこんだ。

内裏《だいり》はさらに無防備《むぼうび》で、御殿《ごてん》の簀子縁《すのこえん》に釣《つ》り灯籠《どうろう》もともさず、勾欄《こうらん》や廂《ひさし》のすたれ壊《こわ》れているのが夜目にも見てとれる。歴史上ここまで帝《みかど》の、皇室《こうしつ》の力が衰《おとろ》えたことはなかったであろう。夜露は帝がおいたわしく思われた。狭霧丸に教わったとおり、それらの人気のない館の一室に忍《しの》びこみ〝隠行《おんぎょう》〟を解《と》いた。

部屋の中はがらんとしてなにもなかったが、小さなあかりをともして奥《おく》の床板《ゆかいた》をそっとずらすと下になにかを包んだものがある。狭霧丸があらかじめ置いてくれたものである。包みを開けると、現《あらわ》れたものは昼間であれば目にもあざやかな色彩《しきさい》の女房装束《にょうぼうしょうぞく》の一式だった。

夜露は黒装束を脱《ぬ》ぎそれらを身につけはじめた。女房の助けなしに自分ひとりで身につけるのは初めてで、おぼつかない気持ちであった。しかし、緋《ひ》の袴《はかま》をつけ、紅梅《こうばい》の襲《かさね》に*表蘇芳《おもてすおう》、*裏萌黄《うらもえぎ》の*唐衣《からぎぬ》を身にまとい、*裳《も》を引くと、自分の内側から貴族《きぞく》の姫《ひめ》としての矜持《きょうじ》が猛然《もうぜん》と頭をもたげるのを感じた。

夜露は、グッと奥歯に力をこめた。

*表蘇芳《おもてすおう》――紫《むらさき》がかった赤　*裏萌黄《うらもえぎ》――黄緑　*唐衣《からぎぬ》――十二単《じゅうにひとえ》の一番上にはおる丈《たけ》の短い上着　*裳《も》――十二単の後ろに付ける

白絹《しろぎぬ》の帳《とばり》にかこまれた*夜御殿《よんのおとど》の御《おん》しとねの中で、帝《みかど》はふと目を覚まされた。御年三十五歳《さい》になられる今上《きんじょう》、後三条《ごさんじょう》の帝はすでに御愛妻《ごあいさい》である御息所《みやすどころ》との間に五人の御子《おこ》をもうけられ、格別《かくべつ》ほかに女御《にょうご》などもお迎《むか》えではなかったので今宵《こよい》はおすまいの清涼殿《せいりょうでん》でひとりお寝《やす》みになっておられた。

なぜ目が覚めてしまったのか、といぶかしく思われて、帳を引きよせて室内をうかがってごらんになる。すると次の間との扉《とびら》がわずかに開いており、うす暗く灯《とも》された夜の燈台《とうだい》のあかりの輪の外に、ひとりの女房《にょうぼう》が座《すわ》っているのを目にお留《と》めになった。

はて、何者であろうか？

常日《つねひ》ごろ身のまわりの世話をする女房の中には見ない顔であるが……と、御目をこらしてごらんになる。すこしうす気味悪くもお思いになられて、

「なに用であるか。そなたはだれじゃ？　ここへはだれも入ってはならぬのだぞ。だれかの用を言いつかって参ったのか……それとも物《もの》の怪《け》のたぐいが化けた姿《すがた》か？」

と、声をおかけになった。

昔より〝古屋敷《ふるやしき》には怪《かい》〟のご多分にもれず、この御所《ごしょ》にも鬼《おに》、魑魅魍魎《ちみもうりょう》の言いつたえ、うわさはたえない。今もほとんど閉《と》ざされたままの＊紫宸殿《ししんでん》に怪異《かいい》があるとして昼間でさえだれも近づかぬくらいである。

それで帝《みかど》もついにそれが現《あらわ》れたか、とお思いになって、

「鬼か妖怪《ようかい》か、いずれでもかまわぬ。今すこしあかりのそばによるが良い。」

帝は魔除《まよ》けの守り刀に手を伸《の》ばすと、女にそうお声をかけられた。

女房《にょうぼう》は無言で帝に拝礼《はいれい》すると、作法どおり膝行《しっこう》してあかりの輪の中に入ってきた。うつむいてはいるが、見ればまだ若《わか》い娘《むすめ》のようだと帝はごらんになる。

女房は紅梅襲《こうばいがさね》に蘇芳色《すおういろ》の唐衣《からぎぬ》、白の裳《も》、＊花色の＊引腰《ひきごし》を長く引き、その髪《かみ》は不可解《ふかかい》なことに〝＊尼《あま》そぎ〟に近いほど短く切られていた。

それがだまったまま一礼をしてふたたび膝行し、うやうやしくなにやら細長い包みを帝の御前《ごぜん》にさし出したのである。帝は気味悪くも不思議にも思われたが、鬼、狐狸《こり》のたぐいであっても恐《おそ》れるものかとお思いになって、その包みをお手になさった。錦《にしき》の布《ぬの》の中から現れたのは一管《いっかん》の黒い笛であった。……これは？　見覚えのある……もしやあの失われた

＊夜御殿《よんのおとど》——天皇の寝所《しんじょ》　＊紫宸殿《ししんでん》——宮中の儀式《ぎしき》などを行う御殿《ごてん》　＊花色——薄《うす》い藍色《あいいろ》　＊引腰《ひきごし》——裳《も》の左右からうしろに長く垂《た》らした飾《かざ》りひも　＊尼《あま》そぎ——尼の髪型《かみがた》。肩《かた》のあたりで切りそろえたもの

はずの？

女房《にょうぼう》が顔を伏《ふ》せたまま申しあげた。

「恐れながら、申しあげます。その笛は『黒鶫《こくう》』でございます。今宵《こよい》はこれをお返し申しあげようと、かく参上いたしました。」

その声がまだうら若《わか》い少女のものだと帝《みかど》はお気づきになり、

「『黒鶫』とな？　おお、たしかにこれは『黒鶫』にちがいない。……しかし、なぜそなたがこれを持参したのか？　そなたは何者か？」

「……恐れながら、私《わたし》は人の世にあっては、中納言《ちゅうなごん》の姫《ひめ》とよばれておりました。」

「世にあって……ということは、そなたはすでにこの世の者ではないということか？　して、中納言とは？」

帝のおたずねに、女房は涙《なみだ》ぐんだようすで、

「父は『笛の中納言』とよばれておりましたが、この笛が失われて面目《めんぼく》をなくし、そのため自らの命を惜《お》しむことなくなり、ついに儚《はかな》く失《う》せましてございます。私も父のあとを追いたく思っておりましたが、どうしてもこの笛を取りもどしたく、身を捨《す》てて鬼《おに》となりこ

うして笛を探《さが》しだしてまいりました。どうかこれにて父へのお怒《いか》りをお解《と》きくださり、罪《つみ》をおゆるしくださいませ。」

もとより帝《みかど》は亡《な》き中納言《ちゅうなごん》のことがお心にかかっておられたことでもあり、また、この女房《にょうぼう》のものごしが上品でいかにもそれらしき身分の者よ、とごらんになっておられたので、

「異《い》なることを聞くものかな。では、そなたはあの笛の中納言のわすれ形見と申すか。この笛は失われた、と申したが、それは何者かに盗《ぬす》まれ奪《うば》われたということであるのか?」

女房がかすかにうなずいた。

「……やはり。ただの紛失《ふんしつ》ではなかろうと思っていたのだが……いったいだれがそのようなことをしたというのか。そなたがそれを探しだしたと申すなら、そなたはそれを知っていよう。ともかくも面《おもて》を上げて、はきと答えよ。」

女房は、夜露は顔をあげるとまっすぐに帝を見つめた。白絹《しろぎぬ》の寝衣《ねころも》をまとわれただけの帝はまったく気どりがなく、それでいて並人《なみびと》ならぬ威厳《いげん》があり、聡明《そうめい》で男らしく、まさに帝王《ていおう》の器《うつわ》をお持ちと、ご尊顔《そんがん》を拝《はい》した。

「もったいなくもこのように御寝所《ごしんじょ》に参上し、さらに直にてお見上げ申すご無礼をどうかおゆるしくださいませ。これも私《わたし》の心根が決してやましいものではないことをごらんになっていただきたい一心からでございます。……恐《おそ》れながら、こうして笛をお返し申しあげるかわりに、お願いがございます。」

帝《みかど》は言葉とうらはらに恐れ気もなく見返してくる、このいかにも若《わか》い娘《むすめ》に引きこまれるように、

「なんなりと申してみよ。」

「左大臣《さだいじん》さまに『笛のありかはいかに?』と、おたずねくださいますよう、お願い申しあげます。左大臣さまは近ごろ世にもまれな名笛《めいてき》を手にお入れになり、近々帝に献上《けんじょう》なさるおつもりだそうでございます。御自《おんみずか》ら左大臣さまにそれとおたしかめいただければ、なにもかもが明らかになることと存《ぞん》じます。」

帝は世にもあやしい話とお思いになる。まさかあの左大臣が笛の紛失《ふんしつ》に関わっていようとは思ってもいなかった。しかし少女の瞳《ひとみ》は揺《ゆ》らぐことなく強い意志《いし》を伝えてくる。帝はしばらく思いにふけっておられたが、

「よろしい。そなたの言い分はわかった。あとは朕《ちん》に任《まか》せよ。」

少女の顔がぱっと明るくなり、にっこりとうなずくと深くお辞儀《じぎ》をして立ち上がった。

そして御寝台《ごしんだい》の帳《とばり》の裾《すそ》をつかみ、ふわりと宙《ちゅう》に泳がせた。帳の布《ぬの》からキラキラと白い粉のようなものが舞《ま》いちり、帳がもとの位置にもどったときには女房《にょうぼう》の姿《すがた》はどこにもなく、帝《みかど》はその瞬間《しゅんかん》深い眠《ねむ》りに落ちられた。

翌朝《よくあさ》お目覚めになられた帝は、

「昨夜は妙《みょう》な夢《ゆめ》をみたものだ。あれはいったい……?」

と、お思いになられた。しかし、夢ではなかった証拠《しょうこ》には、帝の御枕元《おんまくらもと》に細長い包みが置かれており、その中から一管《いっかん》の笛、まさしく『黒鵜』が現《あらわ》れたことであった。

黒光りするその笛は、朝日を受けてまさに鵜《う》の羽のように、主のもとに帰った喜びで輝《かがや》いているようだった。

十八　名笛《めいてき》

帝《みかど》より左大臣《さだいじん》に使者が立てられたのは、二日後のことである。「急ぎ参内《さんだい》ありたい。」との仰《おお》せに、ふだんは仲の良くない帝の仰せごとになにかと理由をつけては渋《しぶ》る左大臣であったが、この時ばかりは早々にお受けした。

早速《さっそく》に息子の蔵人《くろうど》の少将《しょうしょう》に『黒鵜《こくう》』をたずさえて同行するように命じると、笛の入った箱を満足げになでながら、

「このわしが帝のために名笛『黒鵜』を探《さが》しだして差しあげたのだ。この際《さい》、頼《たよ》りにならぬ中流貴族《きぞく》を登用なさる帝のご方針《ほうしん》をお諌《いさ》めする良い機会じゃ。おわび……いや、ご褒美《ほうび》に、そなたの昇進《しょうしん》を願いでることとしよう。いや、もっと……帝の*一の宮にわが家の姫《ひめ》を入内《じゅだい》させる件《けん》も、そろそろご納得《なっとく》いただくことにしようか……。」

中納言《ちゅうなごん》の笛の一件《いっけん》を帝《みかど》の失敗としてお説教をしたうえ、早くも今上帝《きんじょうてい》に見きりをつけて次代の外戚《がいせき》を狙《ねら》おうというのである。あわよくば、帝の退位《たいい》を早めたいとの腹《はら》づもりもあるらしい。

「父上も欲《よく》が深いですなあ。」

と、あきれ顔の少将《しょうしょう》は、頰《ほお》のひっかき傷《きず》を化粧《けしょう》でかくすのに余念《よねん》がない。茨《いばら》につけられた傷である。あの後、当然茨は大臣家を追われることになったのだが、別《わか》れぎわに、

「私《わたし》はお前のために人でなしになったのだ！」

と言って、思いきり少将の美しい（と、自分では思っている）顔を引っかいて出ていったのだ。

「あのようないやしい女を相手にするからだ。あの女房《にょうぼう》には笛を盗《ぬす》みだした褒美《ほうび》はじゅうぶん与《あた》えた。これ以上この屋敷《やしき》にいてはまずいことにもなろう。しかし、これからはそなたも出世して高い位につくのだ。身をつつしまねばならぬぞ。」

左大臣《さだいじん》はひとしきり息子に説教すると、威儀《いぎ》を正し、はなばなしい行列をしたてて参内《さんだい》したのである。

＊一の宮——第一皇子《おうじ》

如月《きさらぎ》の、春近しと思わせる晴れあがった日で、清涼殿《せいりょうでん》の庭の漢竹《かわたけ》、呉竹《くれたけ》の緑も輝《かがや》くようである。昇殿《しょうでん》すると、帝《みかど》は昼御座《ひのおまし》でお待ちであられた。久々《ひさびさ》の左大臣《さだいじん》の参内《さんだい》というので、多くの左大臣に追従《ついじゅう》する公卿《くぎょう》たちも、ずらりと廂《ひさし》の間に居《い》ならんでいる。

「近う。」のお言葉があり、左大臣は白象《びゃくぞう》を思わせる巨体《きょたい》をゆすり立てて御前《ごぜん》へと進み、どっかりと座《すわ》った。ややあって、御簾内《みすうち》より帝がお声をかけられる。

「左大臣にはご足労、大義《たいぎ》。じつは人のうわさに、左大臣には近ごろたいそうめずらしき笛を手に入れたと聞いた。笛好きの朕《ちん》としてはぜひ一度それを見てみたいと思い、使いを立てたのだ。お願いしてもよろしいかな?」

「これは、もったいないお言葉を。どうして私《わたし》が帝のお言葉をむげにいたしましょうか?さようでございます。実はこれなるわが息子蔵人《くろうど》の少将《しょうしょう》が市中を見まわりの折に、その笛が市に売りに出されているのを見つけたものでございました。少将はもしや、名のある……あの中納言家《ちゅうなごんけ》から失われた笛ではないか……と考え、とっさに買いとり家にもち帰りました。しかし、我が家《わや》にはそれ、いと判断《はんだん》できる者もおりませんでしたので、実はこまりはてていたのでございます。」

左大臣《さだいじん》は喜色満面の体《てい》で語る。帝《みかど》はおどろかれたごようすで、

「……中納言《ちゅうなごん》の笛……。それではその笛はあの失われた『黒鵜』だと?」

と、仰《おお》せになる。

まわりに居《い》ならぶ公卿《くぎょう》たちからも、おお、というざわめきがあがった。

「あの……『黒鵜』が……。たしかに朕《ちん》ならばそれと見わけられよう。それがまことならばどんなにうれしいことであろうか、早くたしかめてみたいものだ。」

「もちろんでございます。もとより近々帝へ献上《けんじょう》いたしたいと思っておりましたところ、折よく帝よりのおめしをいただきました。ただ今持参しておりますので、早速《さっそく》ごらんになってくださいませ。まこと『黒鵜』であれば、やはり名笛《めいてき》。笛のほうから真の主を求めて帰ってきたのかもしれませぬ。」

左大臣は豪放《ごうほう》に笑い声をあげると息子の少将《しょうしょう》をふり返り、

「これ、少将。その笛を帝のごらんにいれよ。笛を探《さが》しだしたのはそなたじゃ。みごと『黒鵜』であれば帝よりお誉《ほ》めがあるであろう。」

自信満々「ははあっ。」と少将がすすみ出《い》で、美しい螺鈿《らでん》の箱をささげる。居ならぶ公

卿たちの目がそそがれる中、帝《みかど》の御簾前《みすまえ》にひかえる*女蔵人《にょくろうど》が箱を受けとり、御簾を半ば引き上げて御前《ごぜん》にごらんぜようと箱のふたを開ける。中からは異様《いよう》に古びた布袋《ぬのぶくろ》に入れられた細長いものが取り出された。

「…………!!」

それを見た左大臣《さだいじん》と少将《しょうしょう》の顔色が変わった。お互《たが》いに顔を見あわせ、

「……な、なんじゃあの笛は？　……少将、これはいったいどうしたことじゃ？」

「い……いえ、父上、私《わたし》はなにも……。」

と、小声で言いあらそっている。帝もご不審《ふしん》に思われたのか、

「……これはどうも『黒鶫』ではないようだ。左大臣、これは一体いかなることか？」

帝が静かにおたずねになる。

「あ……いや、そ、そんなはずは……！　帝、これはなにかのまちがいでございます！　こ、このようなうす汚《ぎたな》いガラクタが……なぜ紛《まぎ》れこんだものか。」

左大臣と少将は早くも顔面が蒼白《そうはく》と化し、あぶら汗《あせ》をうかべている。帝は袋の中のものをじっと見ておられたが、今や明らかにご不快《ふかい》であられるお声で、

「ふむ……うす汚《ぎたな》いガラクタにしか見えぬか。しかし、これはたしかに朕《ちん》のものではあるようだ。……というよりも、この笛は皇室《こうしつ》の、いや、この日の本の国の宝《たから》だ。この笛こそ大和国《やまとのくに》の東大寺《とうだいじ》正倉院《しょうそういん》に納《おさ》められているはずの国宝《こくほう》、『彫石横笛《ちょうせきおうてき》』ではないか！」

「ええっ⁉　国宝？　……横笛？」

「正倉院ですと⁉」

「……左大臣《さだいじん》。これはいったいどうしたことか？　蔵人《くろうど》の少将《しょうしょう》。ことの次第《しだい》をきちんと説明してくれるかね？　この笛は朕《ちん》の勅書《ちょくしょ》なしに持ちだすことはできぬはず。それがなぜここにあるのか？　……このうす汚い……、い、い、国宝を持ちだすのは大変な罪《つみ》に当たるのだよ。ましてや、国宝を私《わたくし》していたとなると……いかがか？　……左大臣？」

帝《みかど》のお声が御座《おまし》に静かに響《ひび》きわたった。

居《い》ならぶ公卿《くぎょう》たちの視線《しせん》の中で、左大臣親子にはもはや言葉もなかった。

左大臣の失脚《しっきゃく》が世にささやかれるようになったのは、その後間もなくのことであった。

＊女蔵人《にょくろうど》——宮中に仕える下級の女官。内侍《ないし》、命婦《みょうぶ》の下で雑用をつとめた

その夜更《よふ》け、帝《みかど》の夜御殿《よんのおとど》にふたたびあの女房《にょうぼう》の姿《すがた》があった。まるで御殿の暗がりからにじみ出るように現《あらわ》れるので、帝も——まことに不思議なものを見るものかな——とお思いになる。しかしその女房がいかにも若々《わかわか》しく、愛らしいのをお目に留《と》められるとなんともなしにおのずと微笑《ほほえ》まれて、

「そなたの申したことは真実であった。すべて左大臣《さだいじん》がしくんだことであった。左大臣は中納言《ちゅうなごん》のことを朕《ちん》の過失《かしつ》として追及《ついきゅう》しようとしていたのだ。しかし……今日、あの『彫石横笛』が出てきた時の左大臣親子の顔をそなたにも見せたかったぞよ。」

と、満足そうにお話しになる。帝は女房がかしこまりながらもいたずらっ子のように大きな目をきらりと光らせ、口《くち》の端《はし》をきゅっとあげて笑ったのをお見のがしにならなかった。

——おそらくもともとは少年のように快活《かいかつ》で明るい性質《せいしつ》の姫《ひめ》だったのだろう——と推《すい》量《りょう》をなさる。

「左大臣のしたことといえども、正直者であったそなたの父・中納言を苦しめてしまったことは朕にもその責《せき》はあり、深く遺憾《いかん》に思う。」

女房はそのお言葉を聞くと、今度は目を真っ赤にして涙《なみだ》をこぼしながら、

「ありがたい仰《おお》せでございます。これで父の無念も晴れようかと存《ぞん》じます。」

と答える。

帝《みかど》もこのように若《わか》い女の身でよくぞ真相をつきとめたものよ、とたいそう感心なさるとともに、ずいぶんと辛《つら》い目にも会ったであろうとも見当をされて、

「中納言《ちゅうなごん》の姫《ひめ》とやら、朕《ちん》はそなたのおかげで長年にわたりいまいましく思っていた左大《さだい》臣《じん》に一矢報《いっしむく》いることができた。また、その一派《いっぱ》を抑《おさ》えるきっかけを作ることができた。それ故《ゆえ》……そなたの父の名誉《めいよ》を回復《かいふく》することは今さらにはむずかしいことだが、それに代わりそなたに名誉を授《さず》けることはできよう。どうであろう。殿上《てんじょう》して朕に女官《にょかん》として仕えてはくれまいか?」

と、おっしゃる。

少女はびっくりしたように大きな目をさらに開いて帝を見つめ、それからゆっくりと首をふった。

「この上なき、ありがたき仰せではございますが、私《わたし》は笛を取りもどすために一度は命を捨《す》てて、鬼《おに》となった者でございます。鬼の身で尊《とうと》き帝のおそばに侍《はべ》ることなどゆるされる

ことではございません。どうかおゆるしくださいまして、お見すておきくださいませ。」

そう言って深々と頭を下げると、そのままふたたび暗がりの中へとしりぞこうとする。

帝《みかど》はなんとも憐《あわ》れとも惜《お》しくもお思いになって、

「待て。そなたがそこまで申すのならしかたがあるまい。しかしせっかくもどってきた『黒鵜』の音色を、朕《ちん》は今一度聞きたく思う。鬼《おに》よ、そなたは笛の中納言《ちゅうなごん》の娘《むすめ》であった。それならば父の手がそなたにも伝わっているのではないか？　鬼よ、いま一度『黒鵜』の音《ね》を朕に聞かせてはくれぬか。」

鬼はすこし迷《まよ》うようであったが、

「父には少し手ほどきを受けただけで、私《わたし》には父のような才はございませぬ。けれどもこうして帝のご命《めい》を賜《たまわ》ったとあっては、あの世にいる父の手が私に力を添《そ》えてくれるかもしれません。」

そう言って一礼すると帝の前に進みいで、笛をおしいただいて座《すわ》りなおした。歌口《うたぐち》を湿《しめ》し、ためらいながら唇《くちびる》をあてる。

『黒鵜』が歌いだした。

たしかに父の笛には及《およ》ばないものの、少女の笛はまるで初花《はつはな》が開くようであり、穏《おだ》やかな春の日を思わせる音色であった。帝《みかど》が目を閉じてお聞きになると、萌《も》え出《い》づる若草《わかくさ》や次々と開いていく春の花々が、御目《おんめ》の裏《うら》にありありとうかんでくる気がなさった。

笛の音は音高く低く澄《す》み、またむせびながら嚠々《りょうりょう》と夜御殿《よんのおとど》をわたっていった。帝が目をお開きになると、御目の前に紅梅《こうばい》の花びらが宙《ちゅう》から現《あらわ》れてはしきりに降《ふ》りしきる様をごらんになった心地《ここち》がされた。

笛の音が少し遠のく気がなさってそちらを見やると、少女の姿《すがた》が笛を吹《ふ》きながらすこしずつ遠ざかり、闇《やみ》の中に溶《と》けていくようであった。そして笛の音がついにやんだその瞬《しゅん》間《かん》に、その姿は完全に消えていた。

帝が少女のいたあたりまで行ってごらんになると、表の階《きざはし》の上段《じょうだん》に一管《いっかん》の笛だけが月の光を浴びて置かれているばかりであった。

真夜中に鳴りわたった笛の音に、宿直《とのい》の殿上人《てんじょうびと》やお側《そば》の者たちが集まってきた。

「たしかに夜御殿から笛の音が聞こえた。」

「なにごとであろうか。帝《みかど》、お変わりはございませんか？」

人々がたち騒《さわ》ぐのを制《せい》されて、帝はおっしゃられた。

「今宵《こよい》、『黒鵜』が帰ってきたのだよ。『黒鵜』はその音色のみごとさに心をうばわれた鬼《おに》がかくしていたのだそうだ。」

「鬼ですと⁉　帝のおわす清涼殿にまで鬼が現《あらわ》れるとは！」

「しかもご寝所《しんじょ》にとは！　なんと恐《おそ》ろしいことでございましょう！」

と、みながまたしても騒ぎたてるのを、帝はふたたび制せられて、

「しかし鬼の手元にあって『黒鵜』は朕《ちん》のもとに帰ろうとしきりに騒ぐので、今宵《こよい》その鬼めが笛を返しに現れたのだ。その、あまりのめずらしさに朕が一曲吹《ふ》いてみよと命じたのだ。みな、それを聞いたのであろう。」

それを聞いて殿上人《てんじょうびと》たちは青くなって失神寸前《すんぜん》の者まであったが、一同おどろきとともに、「さすがは名笛《めいてき》よ！　鬼神《きじん》の心をも奪《うば》ったことよ！」

「いやいや、この年になって鬼の吹く笛が聞けたとは……。」

「さよう、さよう。鬼とも思えぬ不思議にも美しい音色でありましたなあ。」

と感心しきりであり、また、

「鬼《おに》をもご命《めい》に従《したが》わせる、尊《とうと》き帝《みかど》のご威光《いこう》よ！」

と、ほめ讃《たた》えた。

帝ご自身はおひとり、鬼の消えさったほうをいつまでもごらんになられて少女の姿《すがた》を思い出されては、「なんとも惜《お》し……。」と思われるのであった。

空には寒月《かんげつ》が皓々《こうこう》とかかり、御所《ごしょ》を照らしていた。

十九　紅梅《こうばい》

その月はまた、かつて「笛の中納言《ちゅうなごん》」と呼《よ》ばれていた人の屋敷跡《やしきあと》の残骸《ざんがい》をも平等に照らしていた。

焼けおちた舎人《とねり》の宿舎《しゅくしゃ》も東の対屋《たいのや》も、焼けこげた柱だけが半ばは朽《く》ちたまま、その跡《あと》を残すだけである。母屋《もや》の寝殿《しんでん》の一部だけがかろうじてその元の姿《すがた》をしのばせるように残っている。

かつては持ち主の趣味《しゅみ》のゆかしさで知られた前庭には、今は枯《か》れ、霜《しも》におおわれた雑草《ざっそう》が生《お》いしげるばかり。そしてその中央に主人に愛《め》でられ「紅梅の中納言」とよばしめた紅梅の木が、真っ黒に焦《こ》げた姿をさらしている。

ほんの二、三年前までこの場所で雅《みや》びやかな管弦《かんげん》の宴《うたげ》や花見の宴が奥《おく》ゆかしくもよおされたことなど、今は面影《おもかげ》にもしのぶことはできない。

その崩《くず》れたままの門の陰《かげ》から小さな人影《ひとかげ》がすべるように廃屋《はいおく》の中に入ってきた。

よれよれの水干《すいかん》を身につけた夜露《よつゆ》である。

月あかりの中、夜露はあらためてこの屋敷跡《やしきあと》を見わたすと、霜枯《しもが》れた雑草《ざっそう》をふみしだき、まっすぐにその黒焦《くろこ》げの木のもとによっていった。あの夏の日には雑草にはばまれ、男の声に追われてにげ去るしかなかった。

「でも……どうしても……最後に……そなたにもう一度会いたかったのです。」

夜露はそう木に話しかけ、その死にたえた幹《みき》にてのひらをおしあてるとそっとなでた。

かつては年どしに愛らしい花を枝《えだ》いっぱいに咲《さ》かせていた紅梅《こうばい》の老木であった。幼《おさな》いころその花びらをたくさん拾ってままごとに使ったこともある。この木に登って父上に叱《しか》られたこともある。目を閉《と》じると限《かぎ》りなく、この紅梅の下での幸せな日々がうかんでくる。

けれども、そのみごとさで「紅梅屋敷」とよばせた木は、二度と花を咲かせることはない。

そうして自分も……と夜露は思っていた。かつてのこの家の姫《ひめ》は、もうどこにも居《い》なくなったのだ。

この屋敷《やしき》にも、もう人も居《い》まい。あの日、夜露を追いはらったのはきっと入りこんだ浮《ふ》浪者《ろうしゃ》だったのだろう。今は人の気配もない。

もうひとりぼっちだ。自分が生まれ育った家、楽しいことも悲しいこともあった家。任《にん》地《ち》から帰った父上をお出迎《でむか》えしたこと。父上に笛を教わりながらすごした穏《おだ》やかな日々……。その家を、どうしても京を離《はな》れる前にもう一度見ておきたかった。

夜露はなにもかもが終わった今、京を出てどこか見知らぬ所へ行こう、と考えていた。


帝《みかど》に笛をお返しした夜、夜露は佐《すけ》の屋敷《やしき》にもどった。しかし、佐はもどらなかったし、屋敷の家人も侍女《じじょ》から雑色《ぞうしき》にいたるまで全員が姿《すがた》を消していたのだった。あるいは最後の仕事と決めた時に、すでにそういう手はずだったのかもしれない。夜露は何日かひとりでそこですごしたが、とうとう狭霧丸《さぎりまる》は帰ってこなかった。

狭霧丸が左大臣邸《さだいじんてい》で捕《つか》まえられたとも、殺されたとも、うわさにも聞かなかった。ただあのとき最後にちらりと見た、何十人もの侍《さむらい》や衛士《えじ》、十重二十重《とえはたえ》の白刃《はくじん》に取りかこまれていた姿《すがた》を思い出すと、いかに狭霧丸といえども無事で脱出《だっしゅつ》できたとは思えなかった。

大善坊《だいぜんぼう》の施《ほどこ》し寺《でら》へも行ってみたが、炊《た》きだしは見知らぬ者たちの手で行われており、大善坊その人のゆくえも知れないということだった。

狭霧丸もその一党《いっとう》も、あのときの言葉どおり散り散りににげうせ……あるいは何人かは命を落としたのではないか……。そして狭霧丸自身も……。

それならば自分ひとりだけのうのうと生きているわけにはいかない、と夜露は思った。

帝《みかど》の御前《ごぜん》で笛を吹《ふ》いたあと、夜露は紅梅襲《こうばいがさね》の裳唐衣一式《もからぎぬいっしき》を残し、佐《すけ》の屋敷《やしき》を去った。

思えば狭霧丸の一党はなんのゆかりもない自分のために危険《きけん》を冒《おか》し、命をさし出してくれた人たちだった。小鷹《こたか》の顔が、不動《ふどう》やムササビの顔がうかんでくる。

ならば自分がすべきことはなにか。もはや死のうとは思わない。どこか遠くへ行ってだれも知らぬ小さな尼寺《あまでら》でも見つけ、そこでみんなの無事や冥福《めいふく》を祈《いの》るために出家しても良い。そして庶民《しょみん》の間に入って、ひとりでもこまっている人々の助けになるように生きていこうと決心したのだった。

「……父上、晶子《あきらこ》は親不孝《おやふこう》もいたしましたが、無事に帝《みかど》に『黒鵜《こくう》』をお返しし、父上のご無念を晴らすことができました。どうぞお心安らかに……。」

と、寝殿跡《しんでんあと》に向かって手を合わせて、荷物を背負《せお》い、去ろうとした。そのとき……

「ひっ……姫《ひめ》さまっ……!?」

うしろから悲鳴に近い声が聞こえ、夜露は足を止めた。

「そ…！　そこのお方！　もしやあなたは中納言《ちゅうなごん》さまの姫君さまではございませんか？」

それはあの忠義者《ちゅうぎもの》の姫の乳母《うば》であった。もともと年老いていたのが、あのころよりもずっと老いやつれ、衣《ころも》も古び、すり切れて見る影《かげ》もないのが、あのころすまいとしていた寝殿《しんでん》の焼けのこりの前によろめきながら、

「ああ……！　やはり姫さまじゃ！　姫さまっ！　生きておわしたのでございますねっ。」

と、飛びついてきた。夜露・姫もこれにはおどろいた。

「……そなた…！　乳母や!?　そなたこそ生きて？　……そなた、あれからここに、そのままくらしていたと……？」

「姫さまこそ……！　乳母やは、すっかり、あの時お姫さまは鬼《おに》に食べられておしまいに

なったのだと……。それで今日までこうしてここで姫《ひめ》さまのご供養《くよう》をしてまいりました。……まさかこうしてお会いできるとは……。こうして無事おもどりになられたのも仏《ほとけ》さまのお助けでございましょう。」

と言って乳母《うば》は泣きだしてしまった。姫もやはり泣いてしまった。しかし、やがて身を離《はな》すと首をふって、

「私《わたし》は帰ってきたのではないのよ。すまないけれども、私はやはり鬼《おに》に食べられたのだと思っておくれ。もう私は昔の姫ではないの。ここへは別れを告げるために来たのよ。」

「そんな！　なにをおっしゃるのですか？　お別れなどと！」

乳母はおどろきなげいた。そうして見ると姫君はうす汚《よご》れた水干《すいかん》に、あれほどみごとだった黒髪《くろかみ》も男のように短く切った少年の姿《すがた》をしている。よほどのことがおありだったのだろうと察したが、しかし、

「いいえ、なりません。こうしてお会いできたのにどこかへ行っておしまいになるなんて。どうしてもと、おっしゃるならこの乳母もお連れくださいませ！」

と、姫の衣《ころも》の裾《すそ》を握《にぎ》って離そうとしない。

「でも、乳母《うば》や。私《わたし》はどこともあてのない旅に出るのだから……。どんなことが起きるかわからないし、危険《きけん》も苦労もあると思うの。年老いたそなたにこれ以上辛《つら》い目《め》を見せるわけにはいかないわ。どうかお願いだから、私ひとり行かせておくれ、どこか遠いところで尼寺《あまでら》でも見つけて、そこで尼になろうと思っているのよ。ここにいるのは私には辛すぎるの。この家も庭も、大好きだった紅梅《こうばい》の木も……もう昔に返りはしないわ。……私も……同じよ。」

乳母はまた姫《ひめ》に飛びついて泣きながら、

「いいえ！　お姫さま。梅の木はまだ死んではおりません！　よくごらんくださいませ！梅の木の根元を！」

乳母の指さすところを姫は目を凝《こ》らしてながめた。冬の長い夜が終わり、ようやく曙《あけぼの》の色が空をうす明るく染《そ》めはじめている。そのわずかな明るさの中で、黒く枯《か》れた老木の根元から、ひこばえなのか一本の若木《わかぎ》が三尺《しゃく》ばかり伸《の》びて、花芽をふくらませているのが姫の目に入った。

――生きていたのだ。木は枯れても紅梅のその根は死なず、そこから小さな命として再《ふたた》び生きようとしている――

その小さな若木《わかぎ》の柔《やわ》らかな緑は、暗闇《くらやみ》の中の一条《じょう》の光のように姫《ひめ》の心に差しこんできた。

「この古木でさえもまだ終わってはおりません。姫さまこそまだ若《わか》い御身《おんみ》。これからではございませぬか。京を離《はな》れ尼《あま》になるなどと、おっしゃらないでくださいませ。半分は死んだような尼のくらしなど、望まないでくださいまし。姫さまはここにおられてこそ……必ず良き日もございますのに！」

乳母《うば》はそのまま、おいおいと泣きすがってくる。姫はわけも通らないことを、と思いながらも年よりをなだめようと背中《せなか》をなでていた。そのときふと、狭霧丸のことを思い出した。施《ほどこ》し寺《でら》で見た貧者《ひんじゃ》たちの……イサや玉女《たまめ》の顔を。国も家も、たよるべきなにものをも持たない人々の懸命《けんめい》に生きる姿《すがた》を……。

「自分から死のうなんて、もったいないことだ。」

そう言った狭霧丸の声を……。

……今はもう死のうとは思わないけれど、でも、こうして帰らぬ私《わたし》をとむらっていてくれた乳母《うば》やを、このまま見捨《みす》てていくなんてやっぱりできない……と、姫《ひめ》は思った。

「わかったわ。乳母や。では、とりあえず私《わたし》が持っている小銭《こぜに》でくらしてみましょう。それが尽《つ》きたら……また考えましょう。」

東の空の下に輝《かがや》く朱色《しゅいろ》が現《あらわ》れ、空全体が明るんできた。崩《くず》れた築地《ついじ》の瓦《かわら》についた霜《しも》がとけて雫《しずく》となって落ちはじめている。

朝日を受けてそれらがキラキラと輝くのをまぶしくながめて、姫は、自分はこうしてまた陽《ひ》の光の中を生きる者にもどるのだ、と思った。

姫は目を閉《と》じると、自分の中の〝夜盗夜露姫《やとうよつゆひめ》〟に、そっと別れを告げた。

そしてまだ泣き崩れている乳母の肩《かた》を抱《だ》きながら、

「でも、乳母や。そなたよく私だとわかったわね。こんなに姿《すがた》が変わってしまっているのに。」

乳母は姫の顔を両手でつつみ、子どもにするように軽くゆすって、

「この乳母やがお姫さまを見まちがえるはずがございましょうか。十五年のあいだこの手でお育てした姫さまでございますよ。」

と、初めて笑った。
姫はその小さく縮《ちぢ》んだ、しわくちゃの顔をこの上なく懐《なつ》かしく、美しいものに思った。

二十　再会《さいかい》

姫《ひめ》はふたたびあばら屋のくらしにもどった。庶民《しょみん》のように麻《あさ》の衣《ころも》を身につけ、自ら働いた。こわれた住居《じゅうきょ》部分を下男（たったひとり残っていた、あの夏に姫を侵入者《しんにゅうしゃ》と思ってどなりつけた者である。）に手伝わせて、すこしずつ直した。庭の草を刈《か》り、その中から食べられるもの、ヨモギなどを探《さが》した。すこしでも清潔《せいけつ》にと、自分で洗濯《せんたく》もした。下々のいやしい者のすることを、と乳母《うば》が嘆《なげ》いたが、

「もう私《わたし》は中納言《ちゅうなごん》の姫ではないのだから気にすることなどないわ。そんなに情《なさ》けないと思うのなら私をそなたの孫にしておくれ。それなら悲しくないでしょう？」

と、あっけらかんとして言うのだった。乳母はそれでもやんごとない身を、と思うと、惜《お》しくてならなかった。

くらしの中でわからないことがあると、姫《ひめ》は玉女《たまめ》の所へ聞きに行った。

最初に女のかっこうで玉女の家を訪《たず》ねたときは、玉女もイサもあんぐりと開いた口がしまらなかった。

「なにか事情《じじょう》がおありのようだとは思っていたのですが。若《わか》さまがおなごで……しかもお姫さまだなんて！」

玉女はびっくりしながらも、もう、元の身に返ったのです、と言うと喜んでくれた。イサは幼《おさな》くてわけがわからなかったようだが、それでも〝お兄ちゃん〟と同一人物とわかると今度は「お姉ちゃん、お姉ちゃん。」とまとわりついて楽しそうだった。アカだけは〝わたしには初めからわかっていましたとも。〟とでも言いたげに、いいい、ふりふりとしっぽをふって、歓迎《かんげい》の声で吠《ほ》えてはついてまわった。

その年、根元まで切られた梅の木の切り株《きかぶ》のそばで、三尺《しゃく》ほどに伸《の》びた若木が初めて三つばかり花をさかせた。

玉女たちは時々屋敷《やしき》に来ていろいろと用をしてくれるようになった。くらしむきのことを知らない姫は、玉女に教わることが多かった。春も盛りを迎《むか》えると、いっしょに郊外《こうがい》へ出かけて早蕨《さわらび》や若菜《わかな》をつんだり山《やま》の芋《いも》や竹の子も掘《ほ》ったりした。緑の風が薫《かお》るころには鮎《あゆ》やウグイなど川魚を、イサといっしょに、きゃあきゃあ騒《さわ》ぎながらたくさん捕《つか》まえた。

玉女に教わりながら顔色ひとつ変えずに川魚をさばきワタをぬき、干物《ひもの》を作る姫《ひめ》を見て、「あれっ、お姫さま！　お姫さまがそのようなことを……！」

乳母《うば》は失神しそうになった。

「私《わたし》よりずっと乳母やのほうがお姫さまみたいね。」

姫が笑って言う。玉女もイサも吹《ふ》きだした。アカは首をかしげて乳母の手をぺろりとなめた。乳母は悲鳴をあげて、またみなの笑い声があがった。

たしかに姫は以前よりもずっとたくましくなった自分を感じていた。あんな人《ひと》なみならぬ体験をしてきたのだから当然とも言えるが、なによりも地下《じげ》のくらしが自然に思え、貧《まず》しくはあっても工夫《くふう》をこらして毎日を生きていくのが楽しかった。もともとこういうくらしのほうが貴族《きぞく》であるよりは、自分に合っているような気もして姫は満足だった。

そしてそのうち乳母が納得《なっとく》したら、ふたりで尼《あま》になっても良いと姫は思う。仏門《ぶつもん》に入って亡《な》き父上や狭霧丸《さぎりまる》たちの菩提《ぼだい》をとむらっていこう。自分はそうすべきだ、と思っていた。

いつしか季節はながれ、廃墟《はいきょ》の中のあばら屋もみなの協力でそれなりに形をなしてきた。夜にはあかりを灯《とも》し、質素《しっそ》であるが豊《ゆた》かな夕餉《ゆうげ》をかこんで、主従《しゅじゅう》の笑う声も聞こえるようになった。しかし、昼間は忙《いそが》しくたち働いていても、夕風がたつころになると姫《ひめ》はむしょうに狭霧丸のことが思い出されてならなかった。

とても佐《すけ》に会いたかった。

あの八の字に開いた眉《まゆ》の下の糸みたいな目を見たかった。その目が〝お頭〟の鋭《するど》い、けれども涼《すず》やかなものに変わるときも。からかうとムキになる大人げなさも、縦横無尽《じゅうおうむじん》の強さも。そしてどんなときも「大丈夫《だいじょうぶ》!」と言ってくれたあの声をもう一度聞きたかった。

どんなものすごい乱闘《らんとう》の中にあっても、彼《かれ》のそばにあって自分がいつも安心していられたこと……そういうなにもかもが一時におしよせてきて、姫の目から熱い涙《なみだ》となってあふれ落ちた。夕暮《ゆうぐ》れの美しいばら色の雲の下で、姫はいく度も人に見られず泣くのだった。

やがて太陽が梅雨雲《つゆぐも》を追い払い、空そのものが輝《かがや》くような夏のある日。ひとりのきちんとした身なりの先触《さきぶ》れが姫《ひめ》のあばら屋の門のあたりにやってきて、しきりにせき払《ばら》いをしている（門がなかったので叩《たた》けなかったのである）。いったいだれなのだろうと出てみると、「御所《ごしょ》より、なんとやらの命婦《みょうぶ》という高貴《こうき》な女官《にょかん》がおいでになるのでお迎《むか》えせよ、と女主人に伝えよ。」と姫をすっかり下女と思いこんで、告げて去った。

姫はなにかのまちがいだろうと考えたが、やがて崩《くず》れはてた門のあたりに多くの随身《ずいじん》を従《したが》え、みごとな黒牛に朱房《あかふさ》の手綱《たづな》をつけ、見目の良い稚児《ちご》に引かせた美しい網代車《あじろぐるま》が停《と》められた。

中からは立派《りっぱ》な女官がおり立った。

庶民《しょみん》のような麻衣《あさごろも》に湯巻《しびら》を腰《こし》にまいた姿《すがた》の姫はあわててあばら屋の中を片《かた》づけ、清めて、女官を通した。あやめの襲《かさね》、山吹《やまぶき》の唐衣《からぎぬ》に裳裾《もすそ》を長く引いた命婦さまは、家とも見えぬすまいを気にもとめずに長袴《ながばかま》をさばいて通ると、恐縮《きょうしゅく》している姫に、

「帝《みかど》よりの勅使《ちょくし》である。つつしんでうけたまわれ。」

と、声高だかと宣《の》べた。続いて立派《りっぱ》な塗《ぬ》りの文箱《ふばこ》を伴《とも》の女官《にょかん》から受けとると、中からご勅書《ちょくしょ》を取り出してささげ持ち、

「宣《せん》！　元中納言娘《もとちゅうなごんのむすめ》・源晶子《みなもとのあきらこ》を従四位下《じゅうしいげ》に叙《じょ》し、*権典侍《ごんのないしのすけ》に任《にん》ずる。ただし、職《しょく》務《む》はその髪《かみ》がもう少し見苦しくなくなってからで宜《よろ》しい、とのご勅言であった。つつしんでお受けいたせ。」

女官はさらに持たせてきた砂金《さきん》の入ったいくつもの錦《にしき》の袋《ふくろ》、何反もの絹《きぬ》、仕立てた袿《うちぎ》、装束《しょうぞく》を、もったいなくも帝《みかど》より、として姫《ひめ》にたまわった。姫はあまりの成りゆきにただただ呆然《ぼうぜん》としていた。なんですって？　……私《わたし》が従四位……？　女官？　……帝……？

……これはいったい……？

「お姫さま、こんなことは……きっと狐《きつね》かなんぞのしわざにちがいありませんよ。あの女《にょ》官殿《かんどの》もそのうち〝コーン〟とか鳴いて消えうせてしまうとか……。」

姫もそれを疑《うたが》わぬでもなかったが、しかしこんな晴れあがった昼間に、そんな……とただただぼうっとしていたのだが、それよりももっとおどろいたのは、

「ようっ！　〝びっくりお目目〟！」

*権典侍《ごんのないしのすけ》――帝《みかど》に近く仕え、伝奏《てんそう》、後宮の式典をつかさどる。侍《すけ》は次官、権《ごん》は員数外という意味

と、随身《ずいじん》の列から声がかかったことである。ぎょっとしてふりかえると狭霧丸、いや佐《すけ》、橘《たちばなのもとただ》 基忠が気楽そうに随身の先頭にならんでいるではないか。

「ええっ⁉ ……佐殿《すけどの》⁉ どうしてここに？ ……ご無事だったんですかっ！ よくあの左大臣屋敷《さだいじんやしき》から……⁉」

「しいっ！ 阿呆《あほう》！ その話はここではやばいんだって！」

すこしあわてて女官《にょかん》にむかい、

「少々、お待ちを……。」

と言って一礼をすると姫《ひめ》をご勅使《ちょくし》から引きはなして庭（というよりただの空き地）に降《お》ろし、築地《ついじ》のそばまで引っぱって行った。そして大きな背中《せなか》でご勅使の視線《しせん》をさえぎり、ひそひそ声で、

「当たりまえよ。どんなに敵《てき》にかこまれていようと、霧《きり》のごとくに消えうせる狭霧丸さまをよくご存《ぞん》じのはず……あれ？ おい、泣くなよ。もう大丈夫《だいじょうぶ》なんだって。お互《たが》いこうして無事で、お前はみごと仇討《あだう》ちをはたしたそうじゃないか。」

「……なにをしてたのですかっ！ 今まで知らせてもくれずに！ ……私《わたし》はすごく心配し

ていたのです！　てっきりあなたが死んだとばかり！　……だったら私《わたし》も生きてはいられないって……それを、なんですかっ！　そんなのんきな顔をしてっ！」

佐《すけ》はこまったように笑っていたが、ちょっと目をうろうろさせると、

「いやー。ちょっと温泉《おんせん》に行ってたもので……京にもどったのが最近なんだ。……それで……その……。」

「温泉ですって⁉　よくもそんなのんびりとっ……！」

あんなにも会いたいと思っていた狭霧丸だったのに、いざとなるとこんな言葉しか出てこない自分が不思議で情《なさ》けなかったが、姫《ひめ》の混乱《こんらん》は止まらない。泣きそうになりながらつめよる姫に、

「ちがうって！　……いや、仲間の中にはやっぱり左大臣屋敷《さだいじんやしき》で捕《つか》まった者もいたし、にげても負傷《ふしょう》した者もあってな。その手当てやら、捕まったやつらを左大臣家から検非違使庁《けびいしちょう》にうつさせてこっそり裏《うら》からにがしたり、と時間がかかったのだ。残念ながら命を落とした者もいてな。大善坊《だいぜんぼう》といっしょにそいつを葬《ほうむ》ったり……いろいろとしていたのだ。」

それを聞いて姫《ひめ》は、そう言われればそうもあろう。自分はなんて考えがいたらなかったのだろうと恥《は》ずかしくなった。なんとも言いようがなかった。

「……そうだったのですね。……小鷹《こたか》さんは……無事でしたか?」

「ああ、やつは大丈夫《だいじょうぶ》だ。不動《ふどう》もムササビも手傷《てきず》は負ったが元気でいるようだ。それから俺《おれ》もあの時の矢傷があったから。それを治すのに湯治《とうじ》をしてたってわけなのだ。」

あっ……! と、姫は思い出した。

「ごめんなさい! 私《わたし》……! そうでした。あなたは私のために怪我《けが》を……!」

あのとき左大臣《さだいじん》の寝殿《しんでん》の屋根の上で狭霧丸は夜露をにがすために矢を受け、自らをおとりにして衛士《えじ》どもがおしよせる中に飛びおりたのだった。姫の目が涙《なみだ》で一杯《いっぱい》になった。

「……すまん。心配をかけてしまったな……。」

佐《すけ》の大きな手が姫の肩《かた》を抱《だ》いた。姫の涙はとうとう堰《せき》をきってしまった。佐はあの大胆《だいたん》な夜盗《やとう》とも思えず、おろおろとして、

「おい、泣くなよ、その〝びっくりお目目〟が流れおちちまうぜ。いや……俺も心配でならなかったのだ。お前があのあと無事かどうか……帝《みかど》から聞かされるまでは。」

「なんですって？　……帝《みかど》？」

姫《ひめ》の涙《なみだ》がぴたりと止まった。

「……帝から私《わたし》のことを聞いた？　……佐殿《すけどの》が？」

……それはどういうこと？　佐が帝にお会いしたということ？　いくら佐が昇殿《しょうでん》ギリギリの五位とはいえ、検非違使《けびいし》の佐ごときに帝が直接《ちょくせつ》お言葉をかけることなど絶対《ぜったい》にない。

……いや、そう言えば佐の袍《ほう》の色がもう五位《ごい》の緋色《ひいろ》ではなく、もっと格上《かくうえ》の色に変わっているのに姫は初めて気づいた。

「……ああ。これな。実は俺《おれ》もちょっとは昇進《しょうしん》させていただいたのだ。」

……昇進？　ますますわからない。泥棒《どろぼう》役人が大臣宅《たく》を襲《おそ》って出世？　不信感でいっぱいの姫の視線《しせん》を受けて、佐はきまり悪そうにせき払《ばら》いしながら、

「……実は俺の母というのが帝の乳人《めのと》であったもので……。」

「なんですって？　帝の乳人ですって⁉　……それでは佐殿は帝の乳人子《めのとご》にあたられるお方なのですか？」

姫《ひめ》は開いた口がふさがらなかった。佐《すけ》は照れくさそうに、

「……まあな。帝《みかど》がまだ見こみのない皇子《おうじ》であられたころは近くにお仕えし、帝にも実の兄弟のようにかわいがっていただいたのだ。それで、まあ……今も時々……お会いして。」

「……なんで、そういうこと、……だまっていたのですかっ！」

姫の声はおそれ多さのために悲鳴に近かった。

「いや……だから、そういう立場で泥棒《どろぼう》はまずいから……。」

「……あっ！　ということは、正倉院で見せたあのご勅書《ちょくしょ》は……本物だったのですね？」

「まあな。いわば結果的には、帝は俺《おれ》たちの共犯者《きょうはんしゃ》……かな？　俺はお前の復讐劇《ふくしゅうげき》が帝の御《おん》ためにも役だつと思ったので、お前に力を貸《か》すことにしたのだ。」

「あきれた！　それで『彫石横笛《ちょうせきおうてき》』などという宝《たから》のこともご存《ぞん》じだったのですね？……なんだか私《わたし》、おふたりにすごくだまされていた気がしますけど？」

佐はますますきまり悪そうに一段《いちだん》と声をひそめ、背《せ》を丸めて姫をひじでつっつきながら、

「……それはお前、帝は陰《いん》に陽《よう》に左大臣一派《さだいじんいっぱ》に抑《おさ》えられていたし、俺もそんな政《まつりごと》のへの

反発からあんなことをしていて……言えるわけがなかろう？　帝《みかど》の乳人子《めのとご》が盗賊《とうぞく》だなんて。帝のお命取りになりかねんのだからな。……だから俺《おれ》も捕《つか》まりそうになったらいつでも命をたつ覚悟《かくご》でやっていたのだ……。」

そう聞いて姫《ひめ》も冷《ひ》や汗《あせ》が出てくる思いだった。

「それは……そうですね……。」

自分だっていかなる目的があったにせよ、夜盗として他人の持ち物を奪《うば》い、傷《きず》を負わせて……。お世辞にもほめられた行為《こうい》ではなかった。捕まって獄門《ごくもん》にかけられてもおかしくない。むしろ今でも犯罪者《はんざいしゃ》として追われていると言っても良いくらいなのだ。

「佐殿《すけどの》。……私《わたし》だって、このようなごほうびやら尊《とうと》い位やら身分やらをいただける身ではありませぬ。こんな……もと泥棒《どろぼう》が帝のお側《そば》に仕えるなど……ゆるされるものではないと思うのです。それだから、私は貴族《きぞく》の身分をお返しし、地下人《じげびと》として生きようと思ったのですもの。」

佐は、そう言う姫の目を見ながら何度もうなずいてこう言った。

「お前の言い分は正しい。だがな、帝には帝の思《おぼ》しめしがおありだ。俺はお前にはごほうびをいただく資格《しかく》があると思うな。だってお前は帝《みかど》にたいそうな〝貸《か》し〟をしたのだぞ。」

「貸し？」

「そうさ、お前のしでかしたことで帝は左大臣《さだいじん》を追い、ようやくご自分の治世をはじめることができるようになられたのだ。……それに帝はご自身が即位《そくい》なさるまでに相当ご苦労なさったお方だ。お前の苦労も察してくださったんじゃないかな。」

……そうか……もはや亡《な》くなった父の名誉《めいよ》を回復《かいふく》するのはむずかしいが、代わりに……とおっしゃった帝のお言葉が思い出された。

「佐殿《すけどの》……私《わたし》……。」

佐は姫《ひめ》の両肩《りょうかた》に手をかけ、くるりと体のむきを変えさせると、そっと前におしだした。

「ほら、さっさとご返事しないと、ご使者の命婦《みょうぶ》さまがこの陽気で倒《たお》れてしまうぞ。」

そう言えば屋内の命婦さまはイライラしたようすでしきりに顔の汗《あせ》をぬぐっておられるし、お伴《とも》の随身《ずいじん》がたは居眠《いねむ》りをはじめている。姫は急いで縁先《えんさき》から上がると、作法どおり平伏《ひれふ》して言上《ごんじょう》した。

「源　朝臣晶子《みなもとのあそんあきらこ》、つつしんでご宣旨《せんじ》をお受け申しあげます。」

佐《すけ》のま延《の》びした八《はち》の字眉《じまゆ》も糸目も、一段《いちだん》と下がった。

お役目をようやく終えた命婦《みょうぶ》さまは暑さでぐったりとなりながら、網代車《あじろぐるま》に乗りこみ、伴《とも》を従《したが》えてお帰りになった。

お車を見送りつつ、

「あの命婦さまもこんな妙《みょう》なお使者に立ったのは初めてでしょうねぇ。それを気ぶりにも見せないなんて、さすが宮中女官《にょかん》よ、ねえ。」

と、感心している姫《ひめ》に乳母《うば》は涙《なみだ》をぬぐいながら、

「なにをおっしゃっているのでございますか！　こんな信じられないような幸運がございましょうか。お姫さまが権典侍《ごんのないしのすけ》として晴れがましくも宮中にご出仕なさるなんて！　亡《な》き中納言《ちゅうなごん》の殿《との》がどんなにあの世でお喜びでいらっしゃいましょう。ああ……これも御《み》仏《ほとけ》のおかげ……もしかしたらあの命婦さまこそ御仏の化身だったのかも……。」

と、先ほどは狐《きつね》よばわりした命婦さまのお車のうしろ姿《すがた》に泣きながら手を合わせている。

青い空をひとひらの真っ白な雲がゆっくりと流れていった。

二十一　星月夜

廃屋《はいおく》になにやら立派《りっぱ》な牛車《ぎっしゃ》で大勢《おおぜい》のお伴《とも》をひき連れた貴人《きじん》が来ている、と近所の者たちが塀《へい》の外に黒山となって見物に来た。騒《さわ》ぎをききつけて、玉女《たまめ》親子もやってきた。そして、ことの次第《しだい》を乳母《うば》から聞かされると、喜んで乳母と抱《だ》きあって泣いた。

「私《わたし》としては気が進まないのだけれど……。」

姫《ひめ》が言うと、それはとんでもないことでございます、と玉女は言った。

「姫さまのように私どものごとき下賤《げせん》の者まで気にかけてくださるお方が帝《みかど》のお側《そば》にあれば、下々の者はどんなに救われましょう。姫さま、人にはそれぞれ持って生まれたお役目というものがございます。お姫さまのお役目は、私どもよりずっと大きいのでございます。どうかお姫さま、いえ典侍《ないしのすけ》さま、お勤《つと》めしっかりとお励《はげ》みくださいませ。」

それを聞いて姫《ひめ》は大きくうなずいた。人なみならぬ経験《けいけん》をした自分が帝《みかど》のお側《そば》でこの先、していかなければならないことが、おぼろげながら見えたような気がした。

「お姉ちゃん！　川遊びに行こうよう！」

イサには大人のむずかしいことがわからない。母親に「もうそんな口をきいてはなりませぬ！」と叱《しか》られてもきょとんとしている。姫も宮中の生活にはさぞうんざりするだろう、と考えて今のうち……とばかり、

「行こう。行こう！」

と立ち上がった。頭を空《から》っぽにして、近くの小川でバシャバシャと思いきりしぶきを上げて浅瀬《あさせ》をイサやアカと跳《は》ねまわる。すると、ふいに、本当に佐《すけ》と再会《さいかい》できたのだ、という思いが実感に変わり、大きな喜びとなって胸《むね》の奥《おく》からこみあげてきた。ふり仰《あお》ぐと青空の下、したたる緑のはるかむこうに大きな山寺が見える。いつかの夜、狭霧丸《さぎりまる》とふたりたたずんで都をながめた大屋根はあそこかもしれないな、とぼんやりと思った。なんだかすごく遠い昔のことのように思えた。

帝《みかど》はまた「典侍《ないしのすけ》として体面が保《たも》てるように。」と仰《おお》せられ、姫《ひめ》に小ぶりな館と美しい色目の牛車《ぎっしゃ》に、かわいい茶色の短角の牛一頭、それに従者《じゅうしゃ》と侍女《じじょ》、小者までもお贈《おく》りくださったものである。

いっぺんに十人もの大所帯になったのであるから、姫《ひめ》も乳母《うば》もたまらず玉女に手伝いとしてきてもらうことにした。若《わか》いに似《に》ずしっかりとした気性《きしょう》の玉女は乳母の指導《しどう》を受け、日に日に侍女としての心がまえや作法を身につけて、将来《しょうらい》たのもしい姫の右腕《みぎうで》になってくれそうである。

イサは「わしはお姫さまの牛飼童《うしかいわらわ》になるのじゃ！」と言って、牛の世話に余念《よねん》がない。アカは幼《おさな》い主人が牛に踏《ふ》みつぶされないように、そのまわりを吠《ほ》えながら楽しそうに走りまわっている。

にぎやかな新しい館の庭にはあの小さな梅の木もうつして植えた。今は葉も青々としげらせ、枝《えだ》も一本増《ふ》えた。その木を見るたびに姫は、この館がふたたび紅梅屋敷《こうばいやしき》とよばれるのはいつになることやらと、うれしいため息をつくのだった。

——その夜、いつかの大寺の屋根の上にふたつの影《かげ》がならんでたたずんでいた。

夏の群青色《ぐんじょういろ》の夜空を、今夜はめったに見られぬほど大きな金色の月と満天に金銀の粒《つぶ》をふりまいたように星々が輝《かがや》いている。銀河《ぎんが》は月に少し遠慮《えんりょ》して、淡《あわ》くうっすらとその流れを緩《ゆる》めているようだった。月の金の光は御所《ごしょ》を、人々の家を、尊《とうと》きも貧《まず》しきも平等に温かい色の光で照らしていた。

「……ああ！　ここです。ここへもう一度来たかったのです。……天と地の間になにもない。……この世には人は私《わたし》たちふたりしかいないような……！」

薄縹《うすはなだ》の単衣《ひとえ》をまとった姫《ひめ》が感嘆《かんたん》の声でつぶやく。

かたわらに立つ佐《すけ》がからかいぎみに、

「明日からは典侍《ないしのすけ》として昇殿《しょうでん》なさるお方が、どうしても来たいという所がここのとはな。まさか夜盗《やとう》時代が懐《なつ》かしいのではあるまいな？」

「……まさか！　いいえ、懐かしいことは懐かしいですけれど……。でも、昇殿してしまえば、もう再《ふたた》びこんな光景を見ることはできなくなってしまいます。」

姫は大きく伸《の》びをして、息を胸一杯《むねいっぱい》に吸《す》いこんだ。空気にはどこかで咲《さ》いている花と緑の匂《にお》いがした。

「……この音ひとつない……幽玄《ゆうげん》でおごそかな世界。あの時は俗世《ぞくせ》を離《はな》れて自分が世の中を見下ろしているような気がして……いい気分でした。でも……こうして見ると、今思うことはあの時とはすこしちがっています。」

「ちがう……とは？」

「私《わたし》は今、あの金色の屋根の下にいるすべての人たちが幸せでいてほしいと願っているのです。」

「……そうだな。お前はもう夜露ではなくなったのだな」

佐《すけ》・狭霧丸が感慨深《かんがいぶか》げに言う。

「そうです。……そして佐殿《すけどの》、あなたももう狭霧丸ではありませぬ。……それでも私は狭霧丸とその一党《いっとう》のことを忘れることはありません。一生。大切な仲間だったことを……」

そう言って姫は深ぶかと佐にお辞儀《じぎ》をすると、

「ありがとうございました。佐殿。私はあなたというお方に出会わなければ、今こうしていることはできませんでした。きっとあのまま運命や世の中を恨《うら》んで死んでいたでしょう。あなた……と、皆《みな》のおかげです。」

佐《すけ》はまぶしそうに姫《ひめ》を見つめると、こう返した。

「……俺《おれ》こそ礼を言わねばならない。……お前がいたからこそ、俺は志《こころざし》を通すことができたし、また非道《ひどう》から足を洗《あら》うことができたのだ。」

その言葉を姫は目を閉《と》じお辞儀《じぎ》の姿勢《しせい》のまま、胸《むね》にしまいこむように聞いていたが、やがてくすり、と小さく笑うと、チラリと上目づかいに佐を見上げてこう言ったものだ。

「……では、おあいことというわけで？　……お頭……？」

「阿呆《あほう》！　……図に乗るなと、言ったろうが!!」

ふたつの笑い声が同時にはじけて、絡《から》まりあいながら夜の空へと昇《のぼ》っていった。そしてその笑い声が尽《つ》きるころ、姫は笑い涙《なみだ》をぬぐいながら言った。

「佐殿《すけどの》、……あなたは私《わたし》にとって本当に生涯《しょうがい》、かけがえのない……大切なお方です。心から……大好きなお方です！」

それを聞いて、佐はだまって姫に手をさし出した。姫はゆっくりと歩みより、その手をとった。佐はそっと姫を抱《だ》きよせてじっと姫の目を見ながら、こう言った。

「……同じだ……。」

満天を大きな黄金の月と宝石《ほうせき》をちりばめたように星々が飾《かざ》り、降《ふ》りそそぐ音楽のような光の中で、ふたつの影《かげ》がひとつとなって、大屋根の上に長く伸《の》びた。

それからは夜盗《やとう》狭霧丸の名も夜露姫の名も、聞かれることはなかった。

姫は昇殿《しょうでん》して、権典侍《ごんのないしのすけ》として帝《みかど》にお仕えし、その才気で貢献《こうけん》した。佐《すけ》は近衛《このえ》の中将《ちゅうじょう》にまで出世して、帝の御世《みよ》を支《ささ》えた。

宮中にあって、ふたりは仲の良い友だちのようであり、恋人同士《こいびと》のようにも見えた。御所《ごしょ》の女房《にょうぼう》たちは、天気の良い日の庭園や廊《ろう》の上と下で楽しそうに話しているふたりをよく見かけた。しかし、なぜ源《みなもと》の典侍さまと近衛の中将殿が時々「お頭……。」だの「阿呆《あほう》、この〝びっくりお目目〟が……。」だのと言っては笑いころげているのか、

「なにしろ……いい、いみじき、型破《かたやぶ》りなお方なのよね、帝のお気にいりの権典侍さまは。」

……だれも知らなかった。

後三条帝《ごさんじょうてい》は藤原摂関家《ふじわらせっかんけ》による政《まつりごと》の独占《どくせん》を打破《だは》し、中級貴族《きぞく》を多く登用することで政治《せいじ》改革《かいかく》を推《お》しすすめた。荘園整理令《しょうえんせいりれい》をはじめ多くの新法を制定《せいてい》し、在位《ざいい》わずか五年、四十歳《さい》で崩御《ほうぎょ》されるまでのその治世は、「延久《えんきゅう》の善政《ぜんせい》」として、長く人々に讃《たた》えられたという。

あとがき

この本を手にとってくださってありがとうございます。

初めまして。みなと菫ともうします。今年（二〇一六年）二十二歳の、若い大人です。これは私の人生初めての本なので、あなたが楽しんで読んでくださったなら、とてもうれしいです。

この作品は、もう二年も前に私の学校の卒業制作として書いたものをもとにしています。

二十歳だった私が、子どもの頃に読みたかった物語。私自身に代わって強くて元気な女の子が活躍するお話。それには現代ではなく、やっぱり大好きな時代ものがいいな……と考えました。

そして学生時代にふれた芥川龍之介の作品や、「今昔物語」などの古典も好きだったので、「平安時代のお姫さまが盗賊になったら……。」というアイディアで取り組んだのです。

でも実際は、提出期限までに書かなくてはという焦りだけで、ひたすら資料を横目にめちゃくちゃ文章を書きすすめた記憶しかありません。

だからその後（ずうずうしくも？）腕だめしにと児童文学新人賞に応募し、幸運にも佳作に選ばれた時には、もう、天にも昇る気持ちでした。

そして、自分の作品をあらためて読んで、びっくり。今度はいろんな欠点が見えてきて恥ずかしくなってしまいました。

それでさんざん手直しし、書き直して、やっと本として出していただくことになりました。

主人公の晶子は平安時代のお姫さまですが、現代の私たちと同じように、いえ、時代が時代だけにもっと厳しい現実に立ちむかいながら成長していきます。

私自身は晶子の勇気や根性に、ツメの先でもあやかりたい弱虫なのですが、でも、どんなことにもたったひとりででも向き合う勇気と行動力、自分のプライドを忘れないことはいつの時代でも大切なことだと思うのです。そして助けてくれる仲間がいること。

私が晶子をいちばんうらやましいと思うところは、彼女に佐という頼もしく心やさしい、友だち以上恋人未満の男性がいてくれるところです。こんな人がいて守ってくれたらなあ、という私の願望のあらわれ、でしょうか。

ともあれ、これは記念すべき私の第一作。まだまだこれからの私としては、お読みくださったあなたのご感想、ご意見をお届けくだされば、とても幸いにぞんじます。

どうぞ、これからもよろしくお願いいたします。

二〇一六年　四月　吉日

みなと菫《すみれ》

みなと菫《すみれ》
一九九四年東京都生まれ。
文化学院文芸コース卒業。
第五十六回講談社児童文学新人賞佳作の『夜露姫』にてデビュー。

この作品を読んだご意見・ご感想などを左記へお寄せいただければうれしく思います。なお、お送りいただいたお手紙・おハガキは、ご記入いただいた個人情報を含めて著者にお渡しすることがありますので、あらかじめご了解のうえ、お送りください。

〈あて先〉
〒112－8001
東京都文京区音羽2－12－21
講談社児童図書編集気付
みなと菫先生

夜露姫《よつゆひめ》

2016年9月12日　第1刷発行
2017年12月1日　第2刷発行

著者……………みなと菫《すみれ》

発行者…………鈴木　哲
発行所…………株式会社講談社
東京都文京区音羽2－12－21
〒112－8001
電話　編集　03－5395－3535
販売　03－5395－3625
業務　03－5395－3615

印刷所…………株式会社精興社
製本所…………黒柳製本株式会社
本文データ制作……講談社デジタル製作

N.D.C.913　255p　20cm　ISBN978-4-06-220172-8